글쎄,
개가 보기엔
말이야

Tom Diesbrock, Von Hunden und Menschen und der Suche nach dem Glück

with illustrations by Roelie van Heerden

© 2018 Verlag Herder GmbH, Freiburg im Breisgau

심리치료사의 반려견 야콥이 전하는 행복 이야기

글쎄,
개가 보기엔
말이야

톰 디스브록 │ 마정현 옮김

황소걸음
Slow & Steady

나를
믿어주고
참아주고
기꺼이 가족으로 받아준

야콥에게

차
례

06

또 무의미는 무엇인가, 의미란 무엇인가?

프롤로그

뭐 해?

뭐 해?

🐂 뭐 해?

👤 보다시피 글 쓰고 있잖아.

🐂 아, 그러셔? 내 보기엔 주구장창 빈둥거리는 거 같은데… 넋 나간 표정으로 글 쓰는 기계만 들여다보면서 말이야.

　　실제로 나는 몇 시간째 정원 벤치에 앉아서 노트북 자판을 두드려 몇 문장을 끄적거리다가 이내 지우기를 반복했다. 글이 너무 진부하고 평범해서 어느 것 하나 마음에 들지 않았다. 그런 나와 달리 야콥은 아주 만족스러워 보였다. 야콥은 내 근처 잔디밭에 누워 따사로운 5월의 햇살을 즐겼다. 가끔 새 뒤꽁무니를 바라보거나 새끼 다람쥐에게 으르렁대다가 드디어 내게 관심을 돌렸다.

👤 어떻게 시작해야 할지 도무지 모르겠다. 이런 증상을 작가의 벽writer's block이라고들 해.

🐂 대체 뭐 때문에 그래?

🗿 몰라. 새로 쓰는 책에 하고 싶은 얘기가 너무 많아서 그런지 머릿속이 뒤죽박죽이야.

🐂 무슨 얘기를 하고 싶은데?

🗿 우리가 함께 사는 얘기. 네가 어떻게 독일로 왔는지도 쓰고.

🐂 대박! 네가 쓴 책 중에서 젤 재밌겠다!

🗿 두고 보면 알겠지.

🐂 그게 뭐 어렵다고 그래? 그냥 막 다 쓰면 되잖아.

🗿 우리가 만난 이야기는 벌써 썼잖아. 이번에는 우리가 함께 산 뒤로 삶을 대하는 내 시선이 어떻게 바뀌었는지 쓸까 해. 내가 너한테, 그리고 너와 함께 배운 모든 걸.

🐂 모르긴 해도 아주 많지.

🗿 우리가 인도에서 만난 때부터 지금까지 내가 얼마나 행복한 지도 쓰고.

☞ 나도 얼마나 행복한지 몰라!

나는 웃음이 절로 나왔고, 꽉 막혀 답답하던 마음이 조금 누그러졌다.

☝ 책을 어떻게 시작하고 마무리해야 할지 전혀 감이 안 온단 말이지. 머릿속은 우리 둘에 관한 수많은 일과 얘기로 꽉 찼는데… 진짜 골치 아파.

야콥은 안타까운 눈빛으로 나를 그윽이 바라봤다. 내가 빽빽한 나무에 둘러싸여 숲을 보지 못하고 헤맬 때마다 야콥은 그렇게 나를 쳐다보곤 한다.

☞ 한갓 떠돌이 개한테 조언을 구하는 거야?

그것 외에 내가 뭘 할 수 있단 말인가.

☝ 물론이지.

☞ 그럼 긴장부터 풀어. 잘하려고 너무 많이 생각하지 말고 그냥 시작해.

그보다 현명한 방법은 생각나지 않았다.

 알았어, 일단 시작해볼게….

인도에서 만난 떠돌이 개와
개밥에 도토리

인도로 떠난 이유는 당시 내 삶이 만족스럽지 않았기 때문이다. 그곳에서 명상이나 요가 혹은 어떤 영적 체험을 하려는 것은 아니었다. 내겐 그저 그보다 나은 해결책이 없었다. 마침 인도에서 휴가를 보내고 있던 친구 안나의 말이 한몫했다. 햇빛과 바다와 야자나무를 좀 즐겨도 괜찮을 거라는, 다 떠나서 추운 겨울을 함부르크에서 보내는 것보다 기분은 확실히 좋아질 거라는 말이.

사실 나는 내게 무슨 문제가 있는지 잘 모른 채, 내가 상담해주던 사람들과 다를 바 없이 그럭저럭 지냈다. 사람들은 타인을 행복하게 살도록 도와주는 사람은 당연히 행복할 거라고 생각하지만, 현실은 그렇지 않다.

당시 나는 자기가 꾸던 꿈과 멀어졌다며 애통해하던 내담자들과 달랐다. 오히려 반대였다. 나는 과거에 바라고 꿈꾸던 것을 40대 중반에 거의 다 이뤘다. 내 강의는 늘 청강생으로 북적거렸고, 내가 쓴 책은 잘 팔렸으며 독자에게 조금이나마 도움을 주었다. 삶과 일을 대부분 내가 원하는 대로 구분하고 계획할 수 있었다. 누군가 20대 후반인 내게 나의 미래가 이런 모습일 거라고 말했다면, 나는 기뻐서 어쩔 줄 모르며 환호했을 것이다. 오스카 와일드가 "신은 인간을 벌하려

할 때 그들의 기도를 들어주신다"고 했지만, 나는 기도한 적도 없고 특별히 내가 벌을 받고 있다고 느끼지도 않았다.

그러나 언제부터인가 내 삶에서 중요한 무엇이 빠진 것 같다는 의문이 끈질기게 내 속을 헤집으며 속닥거렸다. 50번째 생일이 눈앞에 다가왔을 때도 상황은 별로 나아지지 않았다. 내가 정말 중년의 위기를 겪는 것일까, 아니면 이게 바로 심리학에서 말하는 목표 달성 우울증(성공 우울증)인가? 둘 다일 수도 있다면 무엇이 도움이 될까? 나는 심리학과 심리치료 직업교육을 받은 전문 심리치료사인데, 그 무렵 나 자신은 당장 어떻게 해야 할지 몰라 막막했다.

크리스마스를 전후한 3주 동안의 인도 여행은 단지 날씨가 기분을 밝게 해준다는 이유로 내린 결정이었다. 게다가 구상 중이던 글을 야자나무 아래서 쓰면 더할 나위 없이 근사할 것 같았다. 그렇게 해서 남인도의 지상낙원 바르칼라에 도착했다. 시끌벅적하고 다채로운 인도의 삶이 눈앞에 펼쳐졌는데, 그 속에서 난 한마디로 개밥에 도토리였다.

🐄 이렇게 말해도 될지 모르지만, 내가 바닷가에서 친구랑 장난치다가 너를 봤을 때 진짜 볼만했어. 모래밭에서 혼자 우거지상을 하고 있는데, 얼굴은 하얗게 질리고 피곤해 보여서 매력이라곤 눈곱만치도 없었지. 마치 방금 하늘에서 뚝 떨어진 얼간이 같았다고. 현지인들은 어슬렁거리며 잡담하고, 여행자들은 물놀이하며 인생을 즐기고 있는데 말이야.

🗿 그 말 참 고맙다.

🗿 어찌나 불쌍해 보이던지….

🗿 그때 내가 얼마나 놀랐는지 알아? 낯선 개가 불쑥 나타나서 거리낌 없이 내 앞에 떡 앉아 호기심 가득한 눈으로 빤히 쳐다봤으니! 난 뭘 좀 얻어먹을까 해서 그러나 생각했지.

🗿 맞아, 그때 난 늘 배가 고픈 떠돌이 개였잖아. 하지만 단지 그 때문은 아니야. 난 네가 좋은 사람이란 걸 한눈에 알아봤어. 약간 도움이 필요하다는 것도.

🗿 내가 복 받았지! 솔직히 난 그때까지 고양이를 더 좋아했어. 개랑은 한 번도 같이 살아본 적이 없었거든.

🗿 내가 오기 전에는?

🗿 네가 오기 전에는!

　　태어난 지 녁 달 정도밖에 안 돼 보이는 이 작은 개가 내 삶과 나를 완전히 바꿔놓기까지 며칠도 걸리지 않았다. 암울하고 의심 많던 내 생각은 열대의 태양 아래 구름처럼 사르르 자취를 감췄다. 나는 휴가를 대부분 이 작은 친구와 보냈다. 우리는 내가 좋아하는 식당에서 함께 아침을 먹었고, 몇 시간 내내 파라솔 아래서 뒹굴며 게으름을 피웠다. 내가 더위를 식히려고 바다에 들어갈 때 이 작은 친구는 짐을 지키다가, 조금 뒤에 내가 돌아오면 기뻐서 어쩔 줄 몰라 했다.

나는 이런저런 고민에서 벗어나 주어진 시간을 최대한 누리고 맘껏 즐겼다! 그렇게 밝고 행복한 기분은 꽤 오랜만이었다. 우리가 이별하기 전에 이 작은 개를 독일로 데려갈까 해서 잠시 알아보니, 절차가 까다로웠다. 휴가지에서 만난 사랑은 가슴 아프게 끝나버렸다.

독일로 돌아온 나는 집에서 혼자 보낼 시간과 친구들의 조언이 필요했다. 이렇게 며칠이 지나고 문득 깨달았다. 내 작은 친구를 이곳으로 데려오는 시도조차 하지 않는다면 죽을 때까지 후회할 거라는 사실을.

나는 당장 야콥(지금은 이렇게 부른다)을 독일로 데려올 수 있는 길을 찾아 나섰다. 인도에서 야콥이 잠시 지낼 거처를 마련했고, 병원에서 건강검진을 받게 했으며, 수많은 행정절차를 해결했다. 몹시 힘든 시간이었지만, 그 와중에 내 중년의 위기를 잊어버렸다. 반려견 크레이트(운송용 상자)가 프랑크푸르트공항 수하물 컨베이어에 모습을 드러냈을 때, 우리는 이 모든 것을 이겨내고 마침내 함께하는 삶을 시작할 수 있었다.

그런데 미처 생각지 못한 새로운 도전이 우리를 기다리고 있었다. 떠돌이로 살아온 야콥은 그동안 바닷가에서 배운 모든 것을 하룻밤 사이에 버려야 했고, 나는 야콥에게 새로운 삶을 위해 필요한 것을 하나하나 가르쳐야 했다. 그가 배워야 할 것은 참으로 많았다!

남인도 바닷가의 떠돌이 개가 어느 날 갑자기 함부르크라는 도시에 뚝 떨어진 모습을 상상해보세요. 전 그래도 좋았어요. 추위와 비가 좀 거슬리긴 했지만, 언제나 먹을 게 많고 안전한 곳이라는 걸 금방 눈치챘거든요. 얼마 후에는 제가 건강해진 것도 느꼈고요. 지금은 이해하기 어려운 이유로 피자나 파코라* 같은 고급 음식이 식단에서 제외된 걸 빼곤 다 좋아요.

그때는 새로운 환경에만 신경을 쓸 순 없었어요. 이곳엔 제가 보살펴야 할 인간이 있었으니까요. 저는 그가 행복에는 재능이 젬병이라는 걸 단번에 알아차렸죠. 지금은 비록 바닷가에서 처음 만났을 때 같지는 않지만, 이 인간은 종종 인생을 엄청 어렵게 만들어놓고 이를 뒤늦게 깨달은 적이 한두 번이 아니거든요. 고집은 또 얼마나 센지!

그는 여전히 인생과 행복에 대해서 배워야 할 게 참 많아요. 그래서 지금 제가 여기에 있는 게 아니겠어요?

---

* 인도식 채소 · 고기 튀김. ─옮긴이, 이하 동일.

01

행동은 우리를

더 행복하게 만들까?

행복은 피자 같은 것

 너희에겐 행복이 그렇게 중요한 거야?

내가 상담소에서 일하는 동안 야콥은 벽 선반 뒤에 있는 바구니 집에서 시간을 보낸다. 손님에게 인사하고 나면 자기 자리로 가서 참견하지 않기로 약속했기 때문이다.

상담이 끝나고 내가 내담자와 작별 인사를 하자, 야콥은 수다 떨 기회를 놓치지 않았다. 야콥이 내 앞에 와 앉았는데, 털로 덮인 이마에 가는 주름이 잡혀 있었다. 이것은 야콥이 어떤 문제에 몰두해 있으며 말하고 싶다는 신호다.

🙂 왜?

 그게 말이지, 널 찾아오는 사람들은 자기 삶이 얼마나 불만족스러운지 얘기하잖아. 일과 인간관계도 그렇고, 모든 게 너무 허무하다거나 자신이 마음에 들지 않는다고 하거나…. 무슨 말인지 알지?

🗿 그래서 날 찾아오지.

🐂 내가 제대로 이해했다면, 너희는 행복하고 만족스러운 삶을 원하는 게 맞지? 어느 정도 다 큰 생명체가 모두 그러듯이.

🗿 그렇지. 일찍이 부처도 그런 말씀을 하셨지.

🐂 버터도?

　　야콥이 머리를 옆으로 기울이고 축 늘어진 귀를 살짝 들어 올려서 나를 뚫어지게 쳐다봤다. 야콥은 뭔가 이해하지 못할 때나 난처한 상황이라 이해하지 못한 척할 때 그렇게 행동한다. 예를 들면 고양이 카미노 밥그릇에 코를 들이대다가 나한테 딱 들켰을 때.

🗿 버터가 아니라 부처야! 아주 오래전 인물인데, 행복이라는 문제에서 탁월한 전문가였어. 모든 존재의 본질은 행복을 바라고 고통을 피하는 데 있다고 말했지.

🐂 정말 지혜롭다!

🗿 인생에서 소중한 것이 뭐냐고 물어보면 사람들은 대부분 건강과 행복을 첫손에 꼽아.

🐚 당연한 거 아냐? 그런데 사람들은 왜 행복을 얻기 위해서 아무런 행동도 안 하지? 방금 다녀간 사람만 해도 자기가 하는 일을 아주 싫어하면서 뭔가 바꾸려고 행동하지 않잖아.

😐 그렇긴 하지.

🐚 얼마 전에 다녀간 그 착하고 슬픈 여자를 보라고. 일에 치여 친구를 만날 시간도 없다잖아. 친구와 취미, 여가를 소중히 여긴다면서 말이야. 왜 거짓말을 하지?

😐 거짓말이 아니야. 그 여자는 일에 치이는 자기 삶이 절망스러워서 그래.

🐚 이해할 수가 없네. 그게 뭐 그리 중요하다고….

😐 네가 이해할 수 있도록 설명해볼게. 실험이 뭔지 들어봤어?

🐚 먹는 거야?

😐 실험은 동물이나 사람이 어떻게 생각하고 행동하는지 알아내기 위해서 하는 놀이야.

🐚 놀이? 그거 좋아! 그런데?

🗿 재밌는 실험에 대한 글을 읽은 적이 있어. 일을 많이 하고 돈을 많이 버는 것과 일을 덜 하고 적게 버는 것 중 어느 게 더 좋은지 사람들한테 물어봤어. 그런 다음 일을 덜 하고 적게 벌더라도 자기 시간이 많은 게 좋다고 한 사람들한테 일터 두 곳을 제안한 거야. 한 곳은 보수가 적지만 집에서 가깝고, 다른 곳은 보수가 많지만 차를 타고 한참 가야 해.

🐄 그래서?

🗿 절반이 넘는 사람들이 돈을 많이 주는 곳을 선택했대. 매일 교통 체증에 시달리고, 스트레스를 더 받을 게 뻔하고, 가족과 함께할 시간이 적은데도.

🐄 미치겠네. 그게 재밌어?

🗿 사람들이 종종 자기를 만족스럽게 해주는 것을 선택하지 않는다는 게 재밌지 않아? 잘 알면서도 말이야.

🐄 개 상식으로는 도저히 이해가 안 된다. 피자와 사료 가운데 하나를 고르라고 한다면 난 당연히 피자를 고를 거야. 하지만 사람들은 사료를 주지. 그래서 그 밍밍한 사료를 우걱우걱 씹어 먹으며, "이 인간이 형편없는 음식을 먹으라고 주네" 하면서 계속 투덜거리는 거라고.

야콥이 입맛을 쩝쩝 다시더니 자기가 제일 좋아하는 음식을 고르는 표정으로 나를 빤히 바라봤다. 인도에 있을 때 내가 먹는 음식을 야콥에게 나눠줬는데, 단골 메뉴는 피자였다. 우리가 함부르크에서 함께 산 뒤, 당연한 얘기지만 (대부분) 그에게 적절한 사료를 먹였다. 야콥은 이게 큰 불만이었다.

🐾 인간에게 행복이 매우 중요하다, 내가 그 말을 믿을 거 같아? 자기 행복을 위해서 아무런 행동도 하지 않는데? 네 눈엔 그게 정말 아무렇지도 않아?

🗿 그게 인간인 걸 어쩌겠어. 너무 게으르거나 갑자기 겁이 나서 그러는 거야. 돈만 생각하느라 한 치 앞도 내다보지 못하기 때문일 수도 있고, '남들이 날 어떻게 생각할까'에 온통 신경을 쓰느라 그러든가.

🐾 후유! 정리 좀 해보자. 너희는 피자가 먹고 싶어. 오른쪽으로 가면 피자 가게가 나오는 걸 알아. 그런데 왼쪽으로 가. 이걸 나더러 믿으라고?

🗿 믿을 수 없겠지만 실제로 많은 사람이 그런 모순을 전혀 인식하지 못해. 인생이 바라는 대로 흘러가지 않는다는 걸 어렴풋이 느끼긴 하지. 네 말대로 표현하면 사람들은 자신이 피자를 좋아하고, 행복하기 위해서 피자가 필요하다는 걸 알아. 다만 피자

를 옷가게나 서점에 가서 찾으며 아무것도 얻지 못했다고 실망하는 거지.

🐷 그러면서도 너희가 만물의 영장이라고 우기는 거야?

🙂 난 한 번도 그런 말 한 적 없거든. 그건 그렇고, 심지어 많은 사람이 자기가 찾는 피자는 세상 어디에도 없다고 믿고 있어! 다른 사람들 피자는 있는데 말이지. 어떤 사람은 옷가게 주인이 자기에게는 일부러 피자를 주지 않는다고 결론을 내기도 해. 자신은 충분히 사랑받을 가치가 없다면서.

🐷 그게 왜 아무렇지도 않게 보일까…. 조금 슬프기도 하고.

　야콥은 이렇게 말하고 바구니 집으로 사라졌다. 다음 내담자가 도착했음을 알리는 초인종이 울렸기 때문이다. 상담하는 사이 바구니 집에서 쩝쩝거리는 소리가 들렸다. 야콥이 피자를 먹는 꿈을 꾸는 게 틀림없다.

우리는 가끔 뛰어넘어야 한다

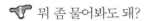 뭐 좀 물어봐도 돼?

 물론.

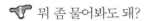 오해하지 마. 난 지금 진짜 만족스럽고 행복하니까.

아콥이 이토록 조심스러워하는 모습은 처음 봤다. 아콥은 오히려 말을 생각나는 대로 거침없이 내뱉는 편이다.

 무슨 일인데 뜸을 들이시나….

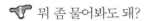 그때 우린 바닷가에서 굉장히 멋진 시간을 보냈지, 그치?

 최고였지!

 우린 만나자마자 서로 좋아했고, 그치?

🗿 말해 뭐 해!

🐄 하지만 넌 작별 인사를 하고 집으로 가버렸잖아. 그러다 두 달 뒤에 다시 내 앞에 나타났고.

🗿 그랬지….

🐄 혹시 나를 거기에 그냥 둘걸 하고 생각해본 적 있어? 한 번이라도 말이야.

우리는 한 번도 이 이야기를 나눠본 적이 없었다. 야콥은 계속 이 물음을 가슴 깊이 간직하고 있던 게 분명했다.

🗿 나는 바닷가에 있을 때부터 어떻게 하면 너를 함부르크로 데려갈 수 있는지 알아봤어. 처음엔 완전히 불가능한 일로 보였지. 그곳에서 너를 데려가는 게 과연 옳은 일인지 확신할 수 없었고.

🐄 뭘 확신할 수 없었어?

야콥의 갈색 눈동자가 뭔가 말하려는 듯이 흔들렸다.

🗿 집에 돌아오자마자 널 데려올 방법을 찾아봤어. 데려와도 괜찮은지 알 만한 사람들한테 물어보기도 하고. 너도 알다시피

그때까지 난 고양이하고 지내봤을 뿐, 개에 대해서 아는 게 하나도 없었잖아.

🐾 서로 좋아하는 걸로 충분하지 않았어?

🐶 바닷가에 살던 너를 대도시로 데려오는 게 내겐 아주 커다란 책임감이 필요한 일이었어. 네 삶이 완전히 바뀌는 거니까.

🐾 그래도 우리가 함께 있는 게 젤 중요하잖아?

🐶 널 이곳으로 데려오는 건 당연히 나한테도 중요했어. 다만 신중하게 생각하고 알아볼 게 많았을 뿐이야.

🐾 대체 넌 매사에 왜 그렇게 신중한 거야?

🐶 알아보니 널 데려올 때까지 예방접종을 한 뒤 꼬박 넉 달이 걸리더라. 먼저 너한테 주사를 놔줄 의사를 찾아야 했고, 그동안 널 안전하게 돌봐줄 사람을 구해야 했어. 혈액 샘플을 독일로 운송할 방법도 찾아야 했고. 꼭 해야 하는 일이었거든. 이제야 하는 얘기지만, 내 생전에 개를 비행기로 데려올 줄 알았겠느냐고.

🐾 그랬구나….

야콥은 고개를 끄덕였고, 표정이 밝아졌다. 나는 여기서 그칠 수 있었지만, 그게 전부는 아니어서 솔직해지기로 했다.

🗿 사실은 나한테도 시간이 필요했어.

야콥은 어리둥절한 표정으로 나를 뚫어지게 쳐다봤다.

🗿 그때 난 너를 데려와 카미노와 함께 사는 것에 대해 얼마나 많이 생각했는지 몰라. 내가 너와 카미노를 책임질 수 있고 책임 지기 원하는지, 그게 내 인생을, 무엇보다 내 일을 어떻게 변화시 킬지. 개에 관한 책을 많이 읽으면서, 생활 습관이 완전히 다른 너 에게 발생할 수 있는 문제를 이리저리 생각해봤지. 정말 이 모든 것을 감당할 수 있을지 나 자신에게 묻기도 하고.

🐾 하지만 그 누구도 아닌 나와 너의 일이잖아. 뭐가 그렇게 결 정하기 어려웠을까….

수많은 생각이 교차하는 듯 야콥의 눈빛이 흔들렸다. 내가 그를 데려오기로 한 결정에 여전히 뭔가 불안한 문제가 있다고 느끼는 것 같았다.

🗿 난 그때 굉장히 불안했어. 무엇보다 너한테 나쁜 짓을 하는 건 아닐까 하고.

🐾 지금은?

🐷 지금은 나쁠 게 뭐가 있냐고 생각해. 그땐 내가 지금처럼 똑똑하지 않았잖아.

🐾 아, 지금은 똑똑하시고?

🐷 사실 지금도 중요한 결정을 내릴 때, 가끔은 정말 불안해 죽겠어. 그럼 불안한 마음을 돌리고 돌려서 장단점을 모조리 살펴보지. 절대로 잘못된 결정을 하지 않으려고 말이야.

🐾 잘못된 결정이 왜 나빠?

🐷 좋은 질문이야! 이 문제를 잘 들여다보면, 정말로 나쁜 일이 벌어지는 경우는 드물어. 하지만 불안감은 종종 시야를 흐리게 만들지. 너도 함부르크에 처음 왔을 때 불안했잖아. 기억하지? 네가 무서워한 우체부 아저씨, 자동차, 모자 쓰고 배낭 멘 사람들.

🐾 그렇지만 나는 곧 냄새로 알아차렸어. 주의 깊게 살펴보기도 했고. 그래서 그들이 위험하지 않다는 걸 금방 알았지. 심지어 우체부 아저씨가 나한테 줄 간식을 갖고 있는지도 알았다니까!

🐷 유감스럽게도 난 불안하면 너처럼 항상 똑똑하게 행동하지

못해.

🐂 냄새를 맡지 못해서 그런가?

🗿 그럴 리가. 난 오히려 거리를 두고 아주 많이 생각하면서 아무 일도 안 하지.

🐂 하지만 날 데려오기로 결정했고 성공했잖아!

🗿 그땐 많은 사람에게 도움을 받았어.

🐂 무슨 도움?

🗿 한 친구가 나한테 말하더군. "네가 계속 장단점을 찾으면 아무것도 얻을 수 없어. 넌 알아야 할 것은 다 알잖아. 이제 그냥 뛰어넘으라고!"

🐂 와, 개멋지다!

🗿 다른 친구는 "뭔가 잘못될 수도 있지만, 그땐 이미 하나는 해결한 거 아냐?"라며 용기를 북돋웠지. 여동생은 나의 인도 개가 정말로 안 좋은 경험을 할지 모르지만, 그렇다 해도 내가 살아 있는 동안 만회할 시간이 있을 거라고 말하더라.

🐾 진짜 똑똑한 사람들이네. 그들이 없었다면 난 여전히 인도의 바닷가를 떠돌며 살고 있겠지? 지금까지 목숨이 붙어 있을지도 알 수 없지만.

🙂 난 나의 인도 친구가 어떻게 지낼까 궁금해하며, 널 데려오려는 시도조차 하지 않은 걸 끊임없이 부끄러워했겠지.

🐾 하염없이 고민하는 것보다 냅다 뛰어넘는 게 낫네.

🙂 그럴지도!

🐾 지금 내가 널 완전히 이해한 건 아니야. '오래 생각하지 않고 바로 착수하기'는 개들의 기본 상식이거든. 내가 길을 가다 소시지를 발견하면 오래 고민하겠어?

🙂 내가 막을 새도 없이 얼른 삼켜버리겠지.

🐾 당연하지.

🙂 그 안에 독약이라도 들었으면 어떡할래? 그러면 널 동물 병원에 데려가느라 나만 개고생하겠지.

🐾 음~ 언제 먹어도 맛있는 소시지! 솔직히 소시지에 독약이

들었을 확률이 얼마나 된다고 그래, 그건 아주아주 희박하다고.

 그렇긴 하지.

 너희 인간은 사방에 독이 널렸다
고 생각해. 특히 소시지에. 개뿔도 모르
면서.

 똑똑하기도 하셔라!

나는 오줌을 싼다, 고로 존재한다

우리는 가랑비를 맞으며 함부르크 거리를 산책하고 있었다. 날씨는 차갑고, 음산하고, 매우 심술궂었다. 그때 우리는 함께 산 지 얼마 되지 않아 서로의 습관을 잘 몰랐다. 나는 너무 추워서 얼른 집으로 돌아가고 싶었다. 야콥은 원래 비를 무척 싫어하는데, 그날은 내 뒤에 저만치 떨어져 여유 있게 걸으며 길에 세워진 펜스 기둥과 나무를 하나하나 찬찬히 살폈다. 그리고 킁킁거리며 집중해서 냄새를 맡은 다음 당연한 순서로 오줌을 찍 쌌다. 나는 더 기다릴 수가 없어, 제발 조금만 빨리 끝내주기를 바라는 마음으로 돌아서서 그를 향해 다가갔다. 마침내 야콥이 내 쪽으로 오더니 물었다.

🐕 넌 왜 영역 표시를 안 해? 네가 이곳에 살고, 여기 지나간 걸 다른 사람들이 어떻게 알라고?

🦫 진지하게 묻는 거야?

🐕 내가 농담하는 거 같아?

🗣 우리 인간은 그런 행위를 특별히 높이 사진 않아.

나는 야콥에게 술 취한 남자들이 가끔 영역 표시한다는 말은 하지 않았다.

🗣 넌 왜 그러는데? 오줌 싸기에 어떤 의미가 있어?

🐾 그따위 어리석은 질문을 하다니. 당연히 야콥이 여기를 다녀갔다는 걸 다른 개들에게 알려야지.

🗣 다른 개들이 정말 네 오줌에 관심 있어?

🐾 모든 개가 다 그러진 않겠지. 중요한 건 그게 아냐. 너도 네가 하는 말을 다른 사람들이 항상 듣고 싶어 하는지 잘 모르잖아. 그러면서도 네 말이 너한테는 중요하고. 안 그래?

🗣 글쎄….

🐾 영역 표시를 하면 일단 기분이 정말 좋아! 내가 지나가는 길에 내 존재를 알리는 거잖아.

🗣 나는 오줌을 싼다, 고로 존재한다?

🐂 뭐라고?

🗿 농담이야. 유명한 철학자가 말했어. "나는 생각한다, 고로 존재한다"고.

🐂 끝내준다! 너희처럼 내향적인 종족한테 딱 맞는 말이야. 그래도 그게 사람들한테 무척 이로울 거 같지 않아?

🗿 대놓고 오줌 싸는 게?

🐂 어. 너희도 "이봐, 내가 여기 있다고!"라고 분명하게 말하고 싶을 때가 있을 거 아냐.

🗿 그러면 뭐가 좋은데?

🐂 너를 찾아오는 사람들은 대부분 소외감에 시달린다고 하소연하잖아.

🗿 그렇지.

🐂 '나는 생각한다, 고로 존재한다'는 그럴듯한 말이야. 하지만 작은 방 안에서 너희가 조용히 생각하고 있는데, 그 사실을 아무도 모르면 무슨 소용이지? 솔직히 말해봐.

🐶 설마 파스칼의 '고요한 방'*을 말하는 건 아니지? 사실 사람들은 자기가 누구인지, 무슨 생각을 하고 뭘 느끼는지 보여줄 용기를 잘 못 내긴 해. 그걸 무척 바라면서도.

🐂 그게 뭐 어려운 일이라고. 여기저기에 영역 표시를 하고, 몇 번 짖은 다음 아무렇지도 않게 떠들썩한 세상으로 사라지면 되는데 말이야.

🐶 개들은 다 그래?

🐂 물론 예외도 있어. 스페인에서 온 겁쟁이 카를 알지? 그 녀석은 다른 개가 영역 표시한 곳에 가면 꼬리를 다리 사이에 넣고 오줌 쌀 엄두도 못 낸다니까.

🐶 카를은 다른 개들이랑 못 어울려?

🐂 당연하지. 그 녀석은 풀대에나 오줌을 싸고, 아무도 자기와 놀아주지 않는다고 자기 사람한테 불평을 늘어놓지. 개라면 설령 다른 개가 으르렁대며 덤비더라도 영역 표시를 하고, 다른 개에게 다가가고, 코를 벌렁거리면서 냄새를 맡고 또 냄새를 맡게 해

---

* "인간의 모든 불행은 단 한 가지, 고요한 방에 들어앉아 휴식할 줄 모르는 데서 비롯된다."

야 해. 개의 인생, 아니 견생이 그렇게 호락호락하지 않거든.

한 가지 밝혀둘 게 있다. 야콥은 자기 입으로 지금까지 떠벌린 것처럼 쿨한 편이 아니다. 거기엔 이유가 있다. 내가 야콥을 처음 봤을 때 어떤 개한테 물린 흉터가 있었다. 바닷가의 떠돌이 개들은 기본적으로 상대방을 점잖게 대하지 못한다. 지금도 야콥은 종종 다른 개, 특히 자기보다 덩치가 큰 개를 못 미더워한다. 그렇다고 야콥이 카를처럼 그런 개를 피하는 경우는 드물다. 비록 두려움에 온몸의 짧은 털을 곤두세우고 으르렁대더라도 말이다. 그런 모습이 어리석게 보일지 모르지만, 야콥은 개들 세계에서 존경받는 개다.

🐕 그런데 난 말이지, 개나 인간이나 자신을 보여주지 않는 건 행복에 아무런 도움이 안 된다고 봐. 카를이 용기 내서 다른 개들한테 다가가 함께 뜀박질하고 여기저기 오줌을 갈기고 다니는 상상을 해보라고. 개들이 처음에는 녀석을 이상한 눈으로 쳐다보고 시비를 걸겠지만, 틀림없이 녀석과 놀아줄 거야. 아무도 자기를 좋아하지 않는다는 건 카를이 지어낸 말일 뿐이라고.

👤 카를 같은 사람도 있어. 남들이 자기를 좋아하지 않는다고 생각해서 다른 사람을 만나는 자리나 상황을 피하지. 네 말처럼 용기 내서 다른 사람한테 다가가도 자기를 이상하게 생각하지 않는다는 걸 안다면 깜짝 놀랄 텐데 말이지.

🐑 내 말이….

🐶 반대도 별로야. 자기가 잘난 줄 알고 끊임없이 지껄여야 직성이 풀리는 인간들이 있거든.

🐑 알파 방뇨견도 개들 사이에서 인기가 없어.

🐶 이건 좀 이상한 말일 수도 있는데, 자기 껍데기를 깨고 싶어 하는 사람이 엄청 많아. 남들이 자기중심적이라고 손가락질할까 두려워서 용기를 못 내는 거지. 이 세상엔 벽의 꽃wallflower이나 알파 방뇨견만 있다고 착각해서 그래.

🐑 카를도 비슷한 말을 한 적이 있어. "난 로트바일러*가 아니야!"라고 신경질적으로 말하더라고. 로트바일러만 말할 수 있는 것처럼 굴더라니까.

　어느덧 비가 그치고, 맛있는 아침 식사가 기다리는 집에 거의 다 와서 기뻤다.

──────

* 독일 남쪽 바덴뷔르템베르크주 로트바일에서 유래한 사역견. 짧고 검은 털과 탄탄하게 근육 잡힌 몸이 특징이다. 얼굴과 배, 다리에 황갈색 무늬가 있다.

🐄 그런데 벽의 꽃이 뭐야?

🗿 남들이 자신에게 관심 보이게 할 용기가 없어서 멀찍이 떨어져 있는 사람을 말해.

🐄 나는 생각한다, 고로 존재한다. 하지만 이 사실을 아무도 모르는 게 낫다?

🗿 빙고!

🐄 벽의 꽃은 분명 행복하지 않겠지?

🗿 대부분 그렇지. 하지만 원하면 누구나 자신의 골방에서 나오는 법을 배울 수 있어.

🐄 오줌 싸는 것도 그래.

가정법과 평행 우주

🐂 가아정이 뭐야?

👤 뭐라고?

🐂 왜 있잖아, 조금 전에 네가 그 남자한테 말한 거.

👤 아, 가정법. 예를 들어 '나는 조깅 하러 간다'라고 하면 직설법이고, '날씨가 좋으면 조깅 하러 갈 텐데'라고 하는 건 가정법이야. 어떤 조건이나 상황이 맞으면 한다거나 바라는 것은 가정법을 써서 말해.

🐂 그 남자는 주로 그런 말을 쓰던데?

👤 '…할 텐데'라는 말을 유난히 많이 쓰더라.

🐂 그 말은 실제로 아니라는 거지?

🐚 그렇기도 하고 아니기도 해. 예를 들어 사람들이 소망을 이 야기하지만, 이것은 불가능하거나 조건에 달렸다는 말이기도 해. 무슨 뜻인지 알겠어?

🐾 네가 나한테 줄 리 없다는 건 잘 알지만, 피자 한 조각 먹을 수 있다면 난 행복할 텐데… 이런 거 아니야?

🐚 영악하다니까!

　 야콥은 자기 바구니 집으로 돌아갔고, 나는 다음 내담자를 맞았다. 저녁에 집으로 돌아가는 길에 야콥이 몹시 흥분하면서 말했다.

🐾 넌 사람들이 가정인가 뭔가를 아주 많이 쓴다는 걸 알아?

🐚 그게 이상해?

🐾 그걸 말이라고 해? 네 말을 듣고 주의 깊게 살펴봤는데, 정말 믿을 수 없더군! 사람들은 자기가 생각하고 바라는 걸 얘기하고 또 얘기해. 하지만 가정인가 뭔가를 빼면 남는 게 하나도 없어.

　 야콥은 머리를 절레절레 젓고 못마땅한 표정으로 걸었다.

🐾 그거야말로 전형적인 인간의 발명품이라고! 개들에게 '덤

불 속에 먹을 만한 게 있다면 찾아볼 텐데…' 따위는 있을 수 없는 일이야. 난 그냥 찾는다고!

🗿 안 돼!

🐾 네 강박이 그렇게 심하지 않다면 난 찾을 텐데!

🗿 너, 지금 가정법으로 말했다.

🐾 어.

🗿 걔들은 가정법 안 쓴다며?

🐾 네가 허락하지 않으니까!

🗿 그래도 안 돼!

🐾 가정인가 그거는 뭔가를 원하지만 하면 안 되는 것과도 관련이 있어?

🗿 때론 정말 해선 안 되는 게 있어. 네가 버려진 음식을 절대 먹으면 안 되는 것처럼.

🐂 알았다고, 노력한다고.

야콥이 목소리를 깔고 투덜거렸다. 안 듣는 게 나을 뻔했다.

🗿 그때 사람들은 대개 지금은 하고 싶은 대로 할 수 없다거나 해선 안 된다고 자신을 설득하지.

🐂 자신을 설득한다고? 무슨 뜻이야?

🗿 자세히 보면 거짓말이라는 거야.

🐂 왜 거짓말을 하는데?

난 어떻게 설명하면 좋을지 곰곰이 생각했다.

🗿 저기 앞에 커다란 개 보이지?

🐂 어.

🗿 그 개가 좀 무섭지 않아?

🐂 그게 좀….

🗿 네가 나한테 이렇게 말한다고 상상해봐. "우리 집으로 가. 좀 더 산책하고 싶지만, 아에르데ARD*에서 방영하는 개 시리즈를 봐야 하거든." 그러나 사실 넌 그 개를 피하고 싶은 거야.

🐂 글쎄, 그 개 시리즈는 진짜 재미있는데….

🗿 이렇게 말할 때 넌 두려운 마음을 너 자신과 나한테 인정하지 않은 거지.

🐂 사람들은 두렵지만 단지 인정하고 싶지 않아서 가정 뭐 그런 걸 사용한다는 말이야?

🗿 그렇지.

🐂 아까 그 남자가 임금이 적다고 툴툴대면서도 회사 사정이 어려워 사장한테 임금 인상을 요구하지 않는다고 한 것도 그런 거야?

🗿 어쩌면 그는 사장한테 임금 인상 요구를 거절당하거나 일자리를 잃을까 봐 겁내는지도 몰라.

---

* 독일 제1공영방송.

👅 최근에 상담한 여자는? 자기 인생을 위해서 아주 오랫동안 휴가를 보내고, 아시아를 여행하고 싶다고 했잖아. 그럴 수 있다면 얼마나 좋겠느냐고 신난 표정이었어.

👅 그러다가 회사는 절대로 긴 휴가를 허락하지 않을 거라고 했지. 내가 보기에 그 여자는 혼자 먼 곳을 여행하기가 두렵지만, 이 사실을 받아들이려고 하지 않는 거야. 이 경우 가정법은 아주 실용적이지. 정말 하고 싶지만 현실은…. 사람들이 이럴 때 쓰는 솔직한 말이 있어. "난 겁이 나서 죽을 것 같아!"

　우리는 잠시 아무 말 없이 어스름 속을 나란히 걸었다.

👅 그건 마치 평행 우주 얘기와 비슷한데?

👅 내가 잘못 들은 거 아니지?

👅 저번에 우리 끝내주는 다큐멘터리 봤잖아. 수많은 평행 우주가 존재할지도 모른다는 내용 말이야. 〈스타 트렉〉에도 나오고.

👅 그래?

👅 넌 진짜 개념에 약하다니까. 내가 설명해볼게. 이 아름다운 우주에서 우리 둘이 만났어. 난 널 가족으로 받아들였고, 그 결과

우린 여기서 함께 산책할 수 있는 거야.

🐚 그건 의심할 여지가 없지.

🐚 우리가 여기보다 덜 아름다운 다른 우주에서 만났어. 너는 날 네가 사는 곳으로 데려오지 않았어. 그러니까 평행 우주 안에서 난 여전히 바닷가에 살고, 넌 개 없이 사는 거야.

🐚 정.말.놀.라.워!

난 스팍Mr. Spock[*]이 말하는 것처럼 따라 했다.

🐚 그곳에 있는 야콥은 틀림없이 매우 슬퍼하며 '휴가 때 만난 친구 톰이 나를 데려갔으면 어땠을까' 온종일 생각하겠지. '그랬다면 내 삶은 어떻게 됐을까' '함부르크에서 도시 개가 된다는 건 어떤 의미일까' 이런 생각도 하면서.

🐚 정말 슬픈 얘기다.

🐚 그래서 가정인가 뭔가가 평행 우주와 같다는 말이야. 이제

---

* 〈스타 트렉〉에 나오는 캐릭터. 귀가 뾰족하다.

이해했지?

 어?

　난 이해하지 못했고, 천체물리학 개념에서 야콥한테 완전히 밀린 기분이었다.

　거참, 당연하잖아. 사람들이 '모든 상황이 지금과 다르게 흘러갔으면 어떻게 됐을까'라는 생각에 자주 몰두하면 또 다른 세계, 그러니까 평행 우주를 생각하는 거 아니겠어?

　아… 그렇게 볼 수 있겠다.

　이 세계는 다른 세계보다 훨씬 아름다워.

　나도 그렇게 생각해.

　다른 우주에서 다른 야콥이 자기 삶을 즐길 수 없다면 정말 애석한 일이야. 자기가 살 수 없는 또 다른 삶을 아쉬워하기만 할 테니까.

　야콥이 멈춰 섰고, 난 어둠 속에서 그의 슬픈 눈빛을 어슴푸레 느낄 수 있었다. 평행 우주의 야콥은 몹시 애통해하는 것처럼 보였다.

하지만 우리가 그를 위해 뭘 할 수 있을까? 그때 갑자기 내가 사는 우주의 야콥이 날 보며 환하게 웃었다.

🐕 내가 웬 말도 안 되는 소리를 하고 있담! 다른 우주의 야콥은 거기서도 분명히 잘 지낼 거야. 이렇게 똑똑한 개가 다른 우주에 대한 쓸데없는 생각이나 하면서 기분을 망칠 것 같아?

🧑 지금 인간이 어리석다는 말을 하는 거야?

🐕 눈치챘어?

　　잠시 후 우리는 집에 도착했다. 야콥은 저녁밥을 급히 먹어 치우고, 내가 먹을 음식이 놓인 식탁 모서리로 검은 코를 내밀었다.

🐕 네가 먹는 치즈빵을 조금만 주면 난 정말 행복할 텐데.

🧑 유감스럽지만 그건 다른 우주에서나 가능해.

편안함은 행복을 줄까?

🐮 어째서 모든 시작에는 마법사가 살아? 그게 말이 돼?

😐 모든 시작에는 마법이 깃들어 있다는 말이야, 마법사가 사는 게 아니라.

🐮 그게 무슨 뜻이야?

야콥이 나를 헤세의 시 〈생의 계단Stufen〉 첫 번째 연으로 끌고 갔다. 개가 시에 귀 기울이는 모습이 낯설게 보일 수 있지만, 야콥은 글을 모르기 때문에 내가 책 읽어주는 걸 좋아한다. 소설을 읽어준 적도 있는데, 야콥의 주의력이 부족해서 실패했다. 야콥에겐 짧은 이야기, 그중에서도 개에 관한 이야기가 딱 어울린다. 조금 전에 내가 릴케의 시집을 읽고 있을 때, 야콥은 (오후에 TV 보기는 금지다) 자기도 끼워달라고 졸랐다. 내가 놀라워하는 게 마음에 드는 눈치였다. 이런 모습에 날개를 달아주고자 오늘 읽은 헤세의 시를 낭독했다.

😐 우리가 새로운 것을 시작하고 옛것을 떠나보낼 때 기분이

아주 좋다는 뜻이야.

🐕 그렇군. '출발은 멋진 일이다'라고 쓰면 이해하기 쉽잖아.

🐱 쉽긴 하지만 아름답진 않아.

　야콥이 고개를 끄덕이며 흥미롭다는 듯 공원을 두리번거렸고, 나는 이쯤에서 낭독을 마치기로 했다. 오늘 우리는 그야말로 게으름의 끝판을 보여줬다. 엘베강까지 걷는 대신 작은 공원에서 죽쳤다. 나는 무릎에 헤세의 시집을 놓고 벤치에, 야콥은 내 옆 풀밭에 앉아 좋은 날씨를 만끽했다.

🐕 저쪽에 찰리 보이지? 녀석 엉덩이에 살이 2킬로그램은 더 쪘을 거야. 저 뚱보 다켈(닥스훈트)이 뛰는 모습을 한 번도 본 적이 없다니까!

🐱 찰리가 왜 뛰어야 하는데? 그의 사람도 체형이 절대로 뛸 사람으로는 안 보여.

🐕 둘이 공원을 한 바퀴 도는 데 최소한 30분은 걸려. 아무도 따라잡을 수 없는 기록이지! 우리는 5분도 안 걸리는데.

　중상모략을 하는 우리 몸무게도 그리 이상적이라고 볼 수 없기에 말을 이쯤에서 멈추겠다.

🐂 찰리는 맛있는 걸 많이 먹어. 난 못 먹는데!

🐷 그래서 네 몸이 찰리 같지 않은 거야.

🐂 내가 보기에 저들은 풍만한 몸매에 더 만족하는 것 같아.

🐷 맞아, 저들은 그냥 편하게 살기로 작정한 거지.

🐂 편하게 사는 것도 나쁘지 않아. 나도 안락한 내 방석이 얼마나 소중한지 아는걸! 네가 사랑하는 소파에 앉으면 무척 편하다는 것도 알고. 편한 것이 우리를 지속적으로 행복하게 하느냐가 문제지.

🐷 잠깐! 내 소파가 편하다는 걸 네가 어떻게 알아?

진회색 천에 붙은 야콥의 짧고 하얀 털이 보기 안 좋아서, 의자와 소파 같은 가구는 야콥에게 금지된 몇 안 되는 장소다.

🐷 행복은 편한 걸로 충분하지 않아. 지나친 편리함은 오히려 게으르게 만들지.

🐾 그래도 인간은 편한 것을 아주 좋아하잖아.

🗿 물론! 나 같은 사람은 먹고사는 게 어느 정도 해결되면 즉시 편하게 사는 방법이 없을까 생각하지. 내가 보기엔 이게 인생의 목표인 사람도 많아. 집이나 자동차, 일, 휴가와 여가마저 편한 게 최우선이지.

🐾 너희 인간이 행복하다는 말은 아니지?

🗿 꼭 그런 건 아니야.

우리는 찰리와 그의 사람이 뒤뚱거리면서 저쪽으로 느긋하게 걸어가는 모습을 관찰했다.

🐾 최근에 본 다큐멘터리 기억하지?

🗿 개가 어떻게 사람과 가까워졌는지 다룬 작품?

🐾 어. 너희는 옛날에 유목민이었는데, 내 조상인 늑대가 너희 뒤를 따라다녔다는 거잖아. 너희가 맛난 걸 많이 갖고 있어서.

🗿 그러다 인간이 정착하자 너희 조상도 인간 곁에 남는 걸 선택했고.

🐂 온종일 떠돌아다니며 사냥하는 것보다 훨씬 편했을 거야.

🗿 나 역시 천막(혹은 당시에 쓰던 것)을 세웠다 해체했다 끊임없이 반복하는 일상을 못 견뎠을걸. 바람과 궂은 날씨 속에 돌아다니는 것도.

🐂 우리 둘 다 여기저기 걸어 다니기 아주 좋아하지만 말이야! 특히 넌 한동안 싸돌아다니지 않으면 불안해하잖아.

🗿 그렇지. 배낭을 꾸려서 먼 길을 나서는 것보다 기분이 들뜨는 일은 없어.

🐂 그리고 밤이면 어디 아주 아늑한 곳에 도착하는 거지.

🗿 이튿날 다시 떠나려면 그래야지. 하루의 끝을 어디서 맞을지도 모르면서. 어쩌면 우리 핏속엔 조상의 방랑벽이 있나 봐.

🐂 이곳저곳 오래 돌아다니면 먹는 것도 한결 더 맛있어.

🗿 도보 여행을 떠나고 며칠이 지나면, 이제 정착해도 괜찮겠다는 마음이 생겨.

🐂 두말하면 잔소리지!

공원에는 이제 사람도, 개도 보이지 않았다. 지금쯤 찰리와 그의 사람은 집에 도착해서 아주 편하게 쉴 수 있어 좋아하겠지. 서늘한 공기가 감돌지만 아직 자리를 뜨고 싶은 마음이 없었다.

🐾 사람들이 모든 시작에는 마법사가 산다는 걸 잊어버렸다고 생각해?

🐶 그럴지도. 많은 사람이 스포츠와 활동적인 휴가를 즐기지만, 실제로 먼 길을 떠나 일상에서 벗어나는 사람은 드물어.

🐾 야자나무 아래 죽치지. 내가 살던 바닷가에서처럼.

🐶 지치고 스트레스를 받아서 그럴 거야. 사람들은 행복이라고 하면 바닷가와 햇빛, 칵테일 바가 있는 낙원을 상상해. 그런데 정작 그곳에 있으면 무료함을 감당하지 못해 쩔쩔매지.

🐾 나는 맘껏 달리며 개 친구들과 놀거나 너랑 엘베강가를 산책할 때 제일 행복해.

🐶 먹을 때가 아니고?

🐾 당연히 먹는 게 최고지. TV 보는 것도 마찬가지고. 그런데 솔직히….

🗣 뛰노는 게 더 행복하다고?

🗣 어.

🗣 행복 연구자들도 움직이는 게 더 행복하다는 사실을 밝혀냈어. 하지만 대다수 사람은 여가를 소파에서 보내며 왜 만족스럽지 않을까 궁금해하지.

🗣 사람들은 편안함이 행복하게 해준다고 생각하는 거야?

🗣 그런 것 같아.

🗣 우리도 집에 가서 맛있는 거 먹고, 편안하게 TV 앞에 앉아 내가 좋아하는 시리즈를 보자.

🗣 좋아, 오늘 같은 날은 편안하게 행복한 것도 나쁘지 않아.

인생은 리허설이 아니다

🐂 저 그림은 뭐고, 앞에 세워둔 초는 또 뭐야?

🙂 파울라 사진이야. 7년 전 오늘 죽었어.

🐂 아, 그럼 내가 파울라를 만난 적은 없겠네?

🙂 유감스럽지만 없어. 너흰 틀림없이 친하게 지냈을 텐데.

🐂 정말 유감이네.

🙂 …….

🐂 파울라는 일찍 죽은 거지?

🙂 응, 40대 초반에 암으로. 모든 일이 순식간에 일어났어. 파울라는 하고 싶어 한 일이 아주 많았는데….

🐢 너무 슬픈 일이다.

우리는 사진 앞에서 한동안 아무 말 없이 파울라가 좋아한 장밋빛 초를 바라봤다.

🐢 뭘 하고 싶어 했는데?

🗿 파울라는 병원에 있을 때 버킷 리스트를 작성했어. 사진을 배우고, 나와 함께 야고보의 길*을 걷고 싶다고 했어. 엘베강가에서 오페라도 듣고 싶어 했고.

🐢 그게 다 병이 악화되고 나서 작성한 목록이야?

🗿 그래, 맞아. 우리는 모두 언제든, 누구에게나 그런 일이 닥칠 수 있다는 걸 알지만, 하고 싶거나 자신에게 중요한 일을 제때 행동에 옮기는 사람은 많지 않아.

🐢 난 날마다 중요한 건 내가 할 수 있는 한 다 하는데.

🗿 맞아, 걔들은 자신을 행복하게 하는 거라면 결코 미루는 법

---

* '야고보의 길'은 스페인어로 카미노데산티아고이며,
산티아고 순례길을 말한다.

이 없지.

🐄 너희는 미루는 게 일이고. 맞지?

🗿 그래….

🐄 파울라처럼 시간이 얼마 안 남았는데도 미루기만 하잖아.

🗿 〈만일 내가 다시 한 번 살 수 있다면〉이라는 시가 있어. 시인은 죽음을 눈앞에 두고 무엇을 할지 하나하나 이야기하지.

🐄 어떤 건데?

🗿 긴장을 풀고, 완벽해지려고 노력하지 않기. 더 미친 듯이 살고, 강에서 수영하고, 석양을 더 많이 바라보고, 여름 내내 맨발로 걷기를 많이 할 거라고 적었어.

🐄 어려운 일이 아니잖아?

🗿 아니지.

🐄 정말 이상하다니까….

야콥은 어이없다는 표정을 지었다. 그는 내가 한 말을 이해하지 못했다. 자기에게 소중한 일을 즉시 해결하지 않는 건 개에게 있을 수 없는 일이기 때문이다. 하지만 나는 시인의 말에 매우 동감했다.

🎭 난 젊었을 때 인생을 시작조차 못 했다고 느꼈어. 20대 중반에는 얼마나 두려웠는지 몰라.

🐾 어떻게 그럴 수 있지? 네 인생은 태어나자마자 시작됐잖아. 인생이 내일 시작된다면 넌 오늘 여기에 있을 수 없어!

야콥은 자신의 예리한 생각에 만족한 표정이었다.

🎭 맞는 말이야. 내 말이 황당하겠지. 그런데 그게 인간적인지도 몰라. 난 그때 내가 누구인지, 어떻게 살고 싶은지 정말 많이 생각했어. 몇 가지 길을 찾기도 했지. 하지만 그 길을 선택할 수 없거나 선택하고 싶지 않았어.

🐾 도무지 모르겠다. 무슨 말인지….

🎭 내 인생을 리허설이라고 여긴 셈이야. 아직 전혀 중요하지 않고, 연습할 시간이 더 남았다고 생각했지. 내가 가끔 네 앞에서 강연 연습을 할 때처럼 말이야.

🐂 네가 인생을 연습했다고?

🗿 정말로 그랬다는 건 아니야. 나 자신에게 계속 변명했지. 그 때문에 온 힘을 다하지 않았고, 일이나 취미로 하는 음악, 인간관계 등 제대로 시작한 일이 하나도 없었어. '내가 선택한 것에 매달리고, 돈을 많이 벌고, 좋아하는 일을 하고, 내게 어울리는 사람을 만나면 어떻게 될까' 캐묻기만 했지.

🐂 네가 꿈꾼 삶이 고작 그런 거야?

🗿 응. 난 그런 삶을 꿈꾸면서 참된 인생이 아직 시작되지 않았다고 되뇌었지. 내일 혹은 내년엔 그렇게 될 거라면서.

🐂 불행한 일이 닥쳐서 네가 파울라처럼 젊은 나이에 죽는다고 해봐. 그럼 넌 제대로 산 게 아니네?

🗿 생각만 해도 끔찍하지!

🐂 지금은 리허설 아니지? 그치?

근심으로 가득한 생각이 야콥의 눈에 그대로 드러났다.

🗿 걱정 마. 다행스럽게도 리허설은 오래전 얘기야. 여기서 지

금 진짜 나의, 우리의 삶을 살고 있잖아.

🐾 그땐 왜 그렇게 이상한 생각을 했을까?

🐵 인생에 대한 두려움 컸기 때문일 거야. 잘못된 선택이나 실패에 책임져야 하는 어른의 삶이 무서워 보였거든.

🐾 지금 네 인생은 뭐 그렇게 위험해 보이지 않아.

🐵 그때 난 미성숙했어. 보는 눈도 지금과 많이 달랐고. 두려움에 가득 찬 눈이라고 할까.

🐾 진짜 이상하네.

🐵 얼마 전에 컴퓨터로 비행 시뮬레이션 보여준 거 기억해?

🐾 그럼.

🐵 난 그때 내가 삶을 계속 연습할 수 있는 가상 비행기에 있다고 생각했어. 그래서 불시착한다고 해도 나쁜 일은 생기지 않고, 처음부터 다시 시작하면 된다고 여겼지.

🐾 난 시뮤 그거 너무 지루하더라. 작고 완전히 평면인 화면에

서 나는 척하는 거잖아. 난 진짜 비행기를 타고 하늘 높이 날아서 창밖을 보는 모습을 상상하는 게 훨씬 더 신난다고!

🗣 시뮬레이터 같은 곳에 살면 그게 문제야. 진짜 삶처럼 멋진 기분을 느낄 수 없어. 하지만 진짜 삶을 두려워하는 사람들은 그것으로 만족하지.

🐾 만족하지 못할 텐데. 사실 그들은 제대로 사는 게 아니잖아. 그렇게 살다가 병들거나 늙어 살날이 얼마 안 남았고, 자신이 제대로 살지 못했다는 걸 깨닫는다면…. 오, 맙소사!

🗣 끔찍하지.

🐾 시인이 쓴 게 바로 그 얘기야?

🗣 그렇지.

야콥은 파울라 사진을 다시 찬찬히 바라봤다.

🐾 네가 아는 사람 중에 여전히 자신의 진짜 삶을 기다리는 사람이 있어?

🗣 응. 걱정스러워.

🐾 나이가 어려?

🙂 아니. 그들은 자신에게 어울리는 여자나 남자를 만나거나, 가정을 이루거나, 사장이 된 후 아니면 은퇴해서 시간이 아주 많을 때 비로소 자기 인생이 시작된다고 믿어.

🐾 나도 어릴 땐 내 사람을 만나면 얼마나 좋을까 종종 생각했어. 그래도 할 수 있는 한 내 인생을 멋지게 즐겼다고.

🙂 그런 점에서는 개들이 인간보다 확실히 똑똑하네.

조금 뒤 우리가 함께 저녁 뉴스를 볼 때, 야콥이 불쑥 내 쪽으로 몸을 돌리더니 말했다.

🐾 지금 저 사람이 "대단히 유감입니다만 내일모레 지구는 멸망합니다"라고 말한다면 넌 뭘 할 거야?

🙂 음… 내일은 너랑 아주 근사한 산책을 할 거야. 그리고 우리가 사랑하는 사람들을 찾아가 만나고, 널 아주 오랫동안 부둥켜안고 있을 거야. 피아노를 연주하고, 노래도 부르고. 또 피자를 배터지게 먹을 거야.

🐾 정말 놀라운 계획인데! 우리 내일 그걸 다 해보자! 모레 이

세상이 어떻게 될지 아무도 모르
잖아.

설령 모레 세상이 망하지
않는다 해도, 자기 개에게 피자를
절대 주지 않고 나중에 후회할 사람이 있을까?

지옥에 가더라도 행하라!

인도는 시간이 많고 여유로운 여행자에게 무척 아름다운 여행지다. 하지만 여행이 언제나 자기가 계획하고 기대한 대로 진행되길 바라는 사람에겐 지옥이다. 나는 인도를 여행할 때마다 그곳 사람들이 얼굴에 미소를 띠고 어깻짓을 하며 도처에 널린 혼돈에 능숙하게 대처하는 모습을 보고 존경심이 일었다. 융통성과 즉흥성에서 인도 사람들이 세계 챔피언임은 의심할 여지가 없다!

나는 인도 사람들의 성향을 어느 정도 알면서도 '함부르크로 야콥 데려오기' 프로젝트가 완벽하길 바랐다. 야콥이 넉 달 동안 자기 고향에서 머물며 보살핌 받을 수 있는 방법을 이메일과 전화로 알아보다가 나는 두 손 두 발 다 들었다. 구체적이고 확실하게 요구했지만 아무런 답장도 받지 못했고, 어떤 답변도 들을 수 없었기 때문이다.

그때 어렴풋이 융통성과 즉흥성은 나와 전혀 맞지 않는다는 것을 깨달았다. 나는 일이 어떻게 진행되는지 정확히 알고, 발생할 수 있는 모든 위험 요소를 미리 생각한 다음 행동하는 사람이다. 그리고 언제나 최소한 플랜 B까지 세워야 직성이 풀린다. 계획과 망설임, 통제가 내게 딱 어울린다.

야콥을 데려오기 오래전에 개 한 마리를 입양하려던 일이 무산된 적이 있다. 나는 이 문제를 오랫동안 심사숙고했고, 세세하게 따지다가 결국 포기했다. 개가 내 삶의 여러 부분을 바꾸고, 어쩌면 내 일과 일상에 많은 제약이 생길지 모른다고 겁을 냈기 때문이다. 늘 같은 딜레마에 빠졌다.

나이를 알 수 없지만 여신 같은 가수 셰어는 언젠가 콘서트에서 말했다. "전 항상 나쁜 아이였어요. 하지만 요즘엔 '좀 더 나쁜 아이가 될걸' 하는 생각이 들어요. 뭘 해야 하고 뭘 하면 안 되는지 모를 때, 지옥에 가더라도 하는 길을 선택하세요! 언젠가 돌아보면서 '이걸 하지 말아야 했는데'라고 말할 수도 있겠죠. 하지만 저는 여러분께 행동하라고 조언하고 싶어요."

언젠가 돌아보면서 '그냥 그것을 해야 했는데'라고 후회하고 싶은가? 친구들이 던진 이 질문은 나를 달라지게 만들었고, 나로 하여금 위험과 예측할 수 없는 일을 받아들이게 했다.

지금 생각하면 웃음이 나온다. 그때 내가 보인 반응은 심리치료사로서 내가 돕고 있는 수많은 내담자의 행동과 비슷했기 때문이다. 사람들은 낯선 상황이나 어려운 문제에 맞닥뜨리면 정신적인 압박감에 시달리고, 그 때문에 불안함과 위험을 느낀다. 그 녀석 이름이 바로 스트레스다.

여러분도 알다시피 스트레스를 받은 모든 고등 생물은 세 가지 반사 반응 가운데 하나를 한다. 투쟁하거나, 회피하거나, 죽은 체하기. 눈치챘겠지만 나는 스트레스에 맞서 투쟁하는 유형이 아니다.

스트레스가 정말 나쁜 이유는 땀 흘리며 손톱을 물어뜯는 데 있지 않고, 시야를 좁게 만드는 데 있다. 우리의 지각력은 스트레스 단계가 높아질수록 떨어지고, 급기야 뱀을 만난 토끼처럼 자신을 불안하게 만드는 것만 계속 바라본다. 당연히 상황이 나아질 리 없다.

일반적으로 인간은 자신이 겁쟁이로 비치는 상황을 썩 내켜 하지 않기 때문에 '합리화'한다. 그래서 스트레스를 유발한 행동에 대해 그럴싸한 이유를 생각해낸다. 예컨대 이런 식이다. "내가 수영장 가장자리를 꽉 붙들고 있는 건 수영이 무서워서가 아니라 여기 물이 더 깨끗해서야."

나는 언젠가 내 의심과 신중함이 바로 합리화였음을 깨달았다. 난 물속으로 뛰어들어 손짓 발짓을 해가며 수영하고 어느 순간 물이 나를 떠받치리라는 것을 믿는 대신, 계속 완벽하게 '수영장 가장자리를 꽉 붙들고' 있었다. 내가 그때 물속에 신중함을 던져버리고 "톰, 지옥에 가더라도 해봐!"라고 말하지 않았다면, 단언컨대 지금 야콥은 내 소중한 친구로 나와 함께 함부르크에 살지 않을 것이다.

―――――

우리가 간혹 낯선 곳으로 뛰어들 때,
다리가 부러질 수 있다.
하지만 그렇게 하면 더 나은 삶에 이를 확률도 커진다.

―――――

02

걸림돌이 되는가

우리는 왜 자신의 행복에

여기가 정말 나쁜 곳이라고 생각해?

🐚 여기가 정말 나쁜 곳이라고 생각해?

🗿 뭐라고? 이렇게 아름다운 곳을 내가 왜 나쁘다고 생각해야 하지?

야콥과 함께 산 지도 어느덧 시간이 꽤 흘렀다. 야콥은 함부르크에 별문제 없이 적응했다. 우리는 가볍게 흔들리는 유람선 선착장에서 화창한 여름날을 즐기며 엘베강을 부지런히 떠다니는 배들을 바라봤다. 야콥이 정신없이 개껌을 씹다가 아이스크림을 먹는 내게 불쑥 던진 질문은 놀라웠다.

🐚 우리가 바닷가에서 처음 만났을 때, 네가 나한테 뭐라고 했는지 알아?

🗿 글쎄… 너무 많은 얘기를 해서.

🐚 네 인생에 문제가 있는 것 같다고 했어. 사는 게 너무 지루하

고 시시하게 느껴진다면서. 더는 이렇게 살 수 없는데, 어떡해야 할지 모르겠다고 불평을 늘어놨지.

🗿 그랬나? 그 뒤론 안 그러잖아. 근데 왜?

🐙 난 그때 다른 방문객들을 자세히 봤어. 네가 특별히 불만이 많은 인간인지 궁금했거든.

🗿 이해할 수 있어.

🐙 내가 그토록 집요하게 호모사피엔스에 대해 파고든 것도 그때가 처음이야. 인도 사람들은 대체로 자기 삶에 아주 만족하는 듯 보이는데, 방문객들은 정말로 충격이었어! 그들이 말하는 걸 들어보니 너보다 낫다고 할 수 없더군.

　　슬프지만 나는 이 말이 그리 놀랍지 않았다.

🐙 방문객들은 하나같이 내가 살던 바닷가를 환상적이라고 했어. 그렇다고 그들이 거기서 좋은 시간을 보내느냐, 그건 또 아니야. 사람들은 대부분 고향에서 지낸 자기 삶을 한탄하기에 바빴지. 걱정거리와 자신을 불안하게 만드는 것을 늘어놓으면서.

🗿 거참.

🐟 방문객들은 틀림없이 나쁜 곳에 사는 듯했어. 문제가 많고 위험한 곳 같았다고. 그들이 내가 살던 바닷가에 찾아오는 게 전혀 놀랍지 않았지. 난 그렇게 나쁜 동네에 사는 네가 몹시 안쓰러웠어.

🗿 그런데도 날 따라오려고 했어?

🐟 네가 더 잘 견디게 도와주고 싶었거든.

　　야콥은 고개를 내 쪽으로 돌리고 아이스크림을 먹는 나를 한동안 물끄러미 쳐다봤다.

🐟 처음에 내가 여기 와서 얼마나 놀랐는지 알아? 내 생각과 달리 무척 깨끗하고, 질서 정연하고, 사람들은 다 영양 상태가 좋아 보였거든. 심지어 개와 고양이도.

🗿 여기가 그리 비참한 곳은 아니지?

🐟 더 놀란 게 뭔지 알아? 모두 바쁘게 왔다 갔다 하는데, 웃는 사람을 볼 수 없다는 거야. 개들도 어딘지 모르게 스트레스를 받은 모습이더라니까.

　　야콥이 겪은 문화 충격은 유럽 사람이 인도에서 맨 처음 받는 충격만큼 강렬해 보였다. 유럽 사람들이 그 빈곤과 혼돈 속에서도 만사태평인 인도 사람들을 이해하지 못하는 것처럼.

그래서 여기가 살 만한 곳이 못 된다고 생각했어?

그건 아니야. 다만 너희가 왜 삶을 마음껏 누리지 못하는지 이해할 수 없었지.

우리가 조금 덜 걱정하거나 덜 불만족스러워하면 삶을 마음껏 누리는 데 도움이 될까?

야콥의 시선이 엘베강 맞은편에 있는 교형크레인bridge crane 쪽으로 움직였다. 그는 잠시 곰곰이 생각하는 듯했다.

내가 살던 바닷가에서 우리 같은 개들은 아주 행복했어. 물론 사는 게 녹록지 않았지. 난 큰 개한테 물려서 아주 고통스럽기도 했고, 먹을 게 없어서 굶기도 했어. 그래도 난 친구들과 매우 만족하며 살았지.

야콥이 동정하는 눈길로 나를 그윽하게 바라봤다.

만족은 개 핏속에만 흐르나?

그럴지도.

너한텐 내가 있잖아. 슬퍼하지 말라고!

　아콥이 격려하는 의미로 내 맨발을 핥다가, 다시 만족스러운 표정으로 개껌에 정신을 쏟았다.

더 많이 다가가기

🐽 낑낑!

야콥이 신음을 내며 덤불 속에서 뛰어나오더니 고통으로 잔뜩 일그러진 얼굴을 내 앞에 내밀었다. 나는 크게 걱정하지 않았다. 야콥의 엄살에 어느 정도 익숙해졌기 때문이다.

🐽 코! 가시! 아파 죽겠어!

🙂 어쩌다 그랬어?

내가 코에 박힌 가느다란 가시를 뽑아내자 야콥이 입을 열었다.

🐽 저 덤불 속에서 맛있는 냄새가 나잖아.

🙂 하늘을 찌르는 호기심에 코부터 들이밀었겠지. 그 호기심 좀 참으면 안 돼?

🐂 그걸 어떻게 참아?

야콥이 잔뜩 성난 눈빛으로 나를 노려봤다.

🐂 넌 대체 개에 대해 아는 게 뭐야? 우리는 뭐든 궁금하면 코부터 들이댄다고.

🐷 어련하시겠어. 하지만 내가 경고했는데도 전기 철조망에 코를 들이댄 건? 기어코 거기에 오줌까지 싸려고 한 건 뭔데?

야콥은 여전히 내 넉넉지 못한 인정머리를 언짢게 여긴다.

🐂 지금은 그게 어떤 느낌인지 안다고.

🐷 도대체 왜 그렇게 궁금한 게 많은데?

🐂 도대체 왜 그렇게 호기심이라고는 눈곱만큼도 없는데?

🐷 원래 호모사피엔스는 호기심이 아주 많아. 우리의 모든 학문과 발견은 대부분 호기심에서 비롯됐다고.

야콥은 머리를 기울이고 의심하는 눈초리로 나를 쳐다봤다.

🐾 우리 개들은 말이지, 위험과 호기심 가운데 하나를 선택해야 할 때 언제나 호기심을 따른다고.

🗿 아, 그러셔? 그래서 넌 큰 개들을 피하는 거야?

🐾 그건 전혀 다른 문제야! 큰 개들은 내가 새끼일 때부터 괴롭혔다고. 그런데 너희는 관심이 있어도 바로 다가가지 않잖아.

🗿 그렇긴 하지.

야콥은 자기 종족의 우월성을 입증했다는 듯 표정이 밝아졌다.

🐾 너희는 다른 사람을 이해할 수 없을 때 다가가서 "무슨 생각을 하고 어떻게 느껴?"라고 물어보지 않잖아. 그보다 떨어져서 "난 저 사람을 믿을 수 없어!"라고 말하지. 더 어리석은 건 너희가 좋아하는 사람이 있어도 우리 개들처럼 다가가지 못한다는 거야.

🗿 그건 그래.

나는 한풀 꺾인 목소리로 동의할 수밖에 없었다.

🐾 너희는 잘 모르면 다가가기보다 떨어져서 위험하다는 변명만 늘어놔. 난 호기심을 참지 않는다고. 기회가 될 때마다 다가가

서 냄새를 맡고 울타리에 오줌을 갈기지.

나는 야콥에게 인류에 대한 최소한의 이해를 일깨우는 걸 포기할 생각이 없었다.

🗿 우리 인간의 뇌는 본능적으로 좋은 기회와 맛있는 음식보다 위험과 부정적인 걸 중요하게 평가해. 아주 먼 옛날부터 말이야.

🐾 개와 인간이 친구가 되기 전부터?

🗿 응. 네 조상은 빨리 달릴 수 있고 이빨도 날카롭지만, 우리 조상은 아니었거든.

🐾 너희 조상은 그때도 지금처럼 느려 터지고 약했을까?

🗿 그래서 한순간도 마음을 놓지 못했을 거야. 오늘날 우리처럼.

🐾 난 너희 같은 뇌는 진짜 갖고 싶지 않아! 너희 코에 가시가 박힐 일은 거의 없을지 몰라도, 절대 낯선 울타리에 오줌을 싸지 못하잖아.

🗿 나도 가끔 너희가 부럽긴 해…. 인간은 대개 낯선 것보다 확실하고 익숙한 것을 택하지.

🐄 우리가 늘 덴마크만 여행하고 스웨덴이나 노르웨이는 한 번도 가지 않는 것처럼?

🗿 거긴 모든 게 너무 비싸!

🐄 그게 진짜 솔직한 이유야?

야콥은 믿을 수 없다는 듯이 나를 똑바로 바라봤다.

🗿 습관의 문제도 있고.

🐄 우리가 보통 같은 곳만 산책하는 것도? 네가 먹을 걸 살 때 거의 같은 가게에 가는 것도? 언제나 비슷한 옷만 입는 것도? 그리고….

🗿 그만해!

우리는 잠시 말을 멈추고 풀밭에서 벌어지는 일을 봤다. 어떤 개가 자기 사람이 다른 사람과 얘기하는 틈을 타서 쇼핑백에 코를 처박고 있었다.

🐄 너도 저러고 싶어?

🗣 가끔. 하지만 쇼핑백은 아닐걸.

🗣 호기심이 발동할 때 그 짜릿짜릿한 기분이란! 너도 알지?

🗣 오래돼서 잊어버린 거 같아.

🗣 다시 배울 순 없나?

🗣 호기심을 좀 더 가질 순 없냐는 말이야?

🗣 그렇지! 네가 평소 안 하던 일을 해보는 거야. 전혀 모르는 것에 다가가기, 냄새 맡아보기, 시험 삼아 해보기. 그게 네 삶을 더 아름답게 만들어주지 않을까?

　　젊은 시절에는 여러 가지 일에 호기심이 많고 지식욕도 왕성했다. 하지만 지금 내 일상은 틀에 박힌 생활의 연속이다. 먼지로 뒤덮인 호기심을 되살린다는 상상이 마음에 들었다. 내가 잠시 생각에 잠긴 틈을 타, 야콥이 아까 그 쇼핑백으로 살금살금 다가가고 있었다.

🗣 야콥! 그건 꿈도 꾸지 마!

🗣 꽉 막힌 인간 같으니.

그리움

♪ ♬ 그으~리움은 그으때 어머어~니가 부르시던 타이~가의 옛 노래. 그으~리움에선 발랄라이카* 소리가 났네. ♬ ♪

일반적으로 개들이 음악을 이해한다고 알려지지는 않았다. 개들은 결코 노래를 부를 수 없다. 하지만 야콥은 어찌 된 영문인지 나직한 흥얼거림과 흐느낌이 뒤섞인 듯한 소리를 냈다. 이는 노래 부르는 것과 어딘지 모르게 살짝 닮았다. 음정은 꽝이지만 그 노력은 대단하다. 무엇보다 야콥은 알렉산드라Alexandra**를 무척 좋아한다. 단언컨대 알렉산드라의 〈그레이티스트 히트The Greatest Hits〉는 슈퍼마켓에서 구입한 발리우드 노래 CD 다음으로 야콥이 사랑하는 음반이다. 음악을 틀어주는 것은 내가 해야 할 일이다.

♪ ♬ …깊은 바~암 집 앞에 흐르던… ♬ ♪

---

* 현이 3개인 러시아 전통 악기. 애절하고 감미로운 음색이 특징이다.
** 위에 인용한 독일 대중가요 '그리움Sehnsucht'(1968)을 부른 가수.

야콥이 음악 감상을 중단하고 내게 몸을 돌렸다.

🐂 그으~리움이 뭐야?

🗿 설명하기 어려운데… 그리움이 생기면 심장 한쪽이 뜯기는 것 같아.

🐂 배가 몹시 고픈 것처럼?

🗿 아니, 배고픔은 그리움이라고 할 수 없어. 사람들은 자신도 정확히 말할 수 없는 무엇을 그리워해. 이를테면 내가 덴마크에서 해 질 무렵 바닷가에 앉아 먼 곳을 동경하는 것처럼. 이해하기 어렵지?

🐂 죽은 알렉산드라가 타이~가를 그리워한 것처럼?

🗿 그래, 알렉산드라는 한 번도 간 적이 없는 타이가를 그리워했어. 그리움의 문제가 바로 그거야. 우리는 대부분 자신이 동경하고 바라는 게 뭔지 정확히 모르지.

🐂 그럼 어떡해?

🗿 어떤 그리움은 우리를 능동적으로 만들어. 그 그리움을 채

우기 위해 행동하지. 하지만 내가 먼 곳을 동경하는 것처럼 전혀 채워질 수 없는 그리움도 있어.

야콥은 내 설명이 만족스럽지 않은 모양이었다.

🐂 뭐가 그렇게 흐리멍덩해. 난 피자가 먹고 싶으면 피자를 원해. 비가 내리면 산책하기 싫고. 아주 단순하잖아.

🗿 인간은 그렇게 단순하지 않아. 내 친구 크리스티네는 남자 친구를 얼마나 갈망하는지 몰라. 자기에게 어울리는 남자를 찾을 수 있다면 무슨 일이든 할 거야.

🐂 헛수고일 텐데….

🗿 내가 아는 사람 중엔 그런 그리움이 있어도 채우려 하지 않고, 채우지 못한다고 해도 별문제가 없는 사람이 있어. 또 어떤 사람은 채워지지 않는 갈망 때문에 무척 괴로워하지. 이들은 자신의 행복에 결정적인 무엇이 빠졌다고 느껴.

우리는 잠시 알렉산드라가 불러주는 노래에 귀 기울였다.

🐂 그리움은 불편한 거야?

🗿 꼭 그렇진 않아. 좋기도 하고 슬프기도 해.

🐂 도통 알 수가 없군.

🗿 알렉산드라가 노래한 그리움은 달콤하고 씁쓸한 거야. 우린 그것을 실제로 즐길 수 있지. 그때 충족은 전혀 중요하지 않아.

야콥은 이해한 것처럼 머리를 천천히 끄덕였다. 하지만 표정은 여전히 쓸쓸했다.

🐂 가끔 인도 바닷가를 생각하면 좀 슬퍼. 여기서 함께 사는 게 훨씬 더 좋지만. 내가 그곳을 그리워하는 걸까?

🗿 틀림없어. 그 바닷가는 네 고향이고, 친구들도 있었으니까. 내 생각엔 누구나 어린 시절을 생각할 때마다 그리움을 느끼는 거 같아.

탁자 위에서 타오르던 촛불이 촉촉이 젖은 야콥의 두 눈에 어른거렸다. 야콥이 나직한 소리로 말했다.

🐂 내가 살던 바닷가는 정말 멋진 곳이었어. 따뜻한 기후와 아름다운 푸른 바다와 야자나무… 엘베강이나 북해와는 비교가 안 돼.

🗣 휴가 때 비행기 타고 네가 살던 바닷가에 갈까?

🐂 아니… 가지 않는 편이 낫겠어. 거기 있는 개들은 날 반가워하지 않을 거야. 진드기와 고약한 벼룩이라면 진저리가 나기도 하고. 차라리 그리워하며 꿈에서 보는 게 나아.

🗣 그리움이 무슨 뜻인지 이제 이해했네.

🐂 너한테도 슬픈 그리움이 있어?

🗣 물론이지.

🐂 뭘 그리워하는데?

🗣 어떤 사람을 그리워하는 순간이 종종 있지.

🐂 어떻게 그럴 수 있어? 너한테 내가 있는데!

🗣 맞네, 우리에겐 우리가 있지!

　　나는 두 팔로 야콥을 힘껏 끌어안았다. 야콥이 격한 포옹을 좋아하지 않는다는 것을 안다. 나를 위해 참는다는 것도. 그 순간 나는 어떤 그리움도 없이 오롯하게 행복을 느꼈다.

나만의 소중한 것

별안간 정원에서 야콥이 요란하게 짖어댔다. 일요일의 평온은 여지없이 깨졌다. 테라스 문을 열고 나가보니 이웃집 고양이 에그베르트가 울타리 위로 도망치는 모습이 눈에 들어왔다. 야콥은 목덜미 털을 꼿꼿이 세우고 그 수고양이를 쫓으며 사납게 노려보고 있었다.

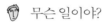 무슨 일이야?

🐕 나 참! 저놈이 내 방석에 떡하니 누워 있잖아. 건방진 녀석 같으니!

내가 야콥의 방석을 빨아서 햇볕에 말리느라 널어놓은 참이었다. 야콥의 분노가 특별하게 다가왔다.

🙂 에그베르트랑 친하잖아. 그럴 필요가 있었어?

🐕 당연하지. 내 방석인데!

🗿 언제부터 그렇게 소유욕이 강했다고 그래?

🐑 넌 이해 못 해. 이것저것 가진 게 많으니까. 난 내 물건 하나 없이 컸어. 그리고 이 방석은 내 첫 물건이라고. 너도 나와 카미노 외엔 아무도 네 침대를 못 쓰게 하잖아.

🗿 그건 말이지….

내가 웃음을 꾹 참고 설명했지만, 야콥은 이해하지 못했다.

🐑 내 공, 내 밥그릇, 내 방석이 물건이라서 소중한 게 아니야. 내 거라서 소중한 거라고. 넌 소중한 거 없어?

🗿 나한테 소중한 건 물건이 아니라 내가 좋아하는 취미야. 피아노 치면서 노래 부르기, 꽃을 심으며 정원 가꾸기 같은.

🐑 그게 왜 소중한데?

🗿 그런 취미가 내게 커다란 만족을 주거든!

🐑 피아노 연주 실력이나 노래 솜씨가 그렇게 형편없는데도?

🗿 잘하면 좋겠지만 난 상관없어.

🐂 취미가 어떻게 만족을 주지?

🐵 몰두할 수 있기 때문일 거야.

🐂 사람들은 다 취미가 있겠네?

🐵 그렇지 않아.

🐂 만족을 준다며?

🐵 자신이 하는 일은 모두 대단하고 완벽하게 해야 한다고 생각하는 사람들이 많거든. 그런 사람들은 기쁨을 주는 작은 취미에 만족하지 못해.

🐂 유명한 피아니스트나 가수가 아니면 음악을 즐길 수 없다는 거야?

🐵 오, 정확해. 사람들은 대개 "춤을 정말 배우고 싶지만 그러기엔 너무 몸치예요" "연기를 배우고 싶지만 내가 우습게 보일까 봐 두려워요" 하며 변명이나 늘어놓지.

🐂 안타까운 노릇이군.

🗿 내 묘비에 '톰은 언제나 자기 의무를 다하고 시련을 잘 극복하며 살았다'고 새겨진다면 정말 끔찍할 거야.

야콥은 묘비명 얘기에 어리둥절한 표정으로 나를 쳐다봤다.

🐂 자기만의 취미를 가지려면 어떻게 해야 해?

🗿 포기하지 않고, 용기 내서 도전하고, 열정적으로 즐겨야 한다고 생각해. 사람들은 대개 용기를 못 내거나 몇 번 시도하다가 포기하고 말지.

🐂 바닷가에서 맛있는 게를 찾는 거랑 비슷하네. 게 한 마리를 찾으려면 코를 엄청 킁킁대며 많은 게 구멍을 뒤지고 파헤쳐야 하거든. 그저 몇 군데 파다가 포기해선 당연히 찾을 수 없어.

🗿 그렇지. 뭔가를 자기 것으로 만들고 즐기려면 열정을 오롯이 바쳐야 해. 그게 일이든, 취미든.

🐂 나도 뭔가 취미를 가져볼까? 예를 들어 뼈다귀 수집 같은.

🗿 퍽이나 수집하겠다. 그 자리에서 다 먹어 치울 거면서.

🐂 그건 그렇고, 나한테도 내 것이 충분하다고 봐?

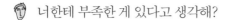 너한테 부족한 게 있다고 생각해?

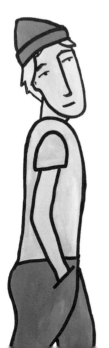 아니.

거봐….

그럼 난 이만 내 방석에 온몸을 바쳐야겠어. 지금쯤 다 말랐겠지. 우아한 취미가 있다는 건 진짜 중요하다니까.

    야콥이 중얼거리며 방석 위에 몸을 동그랗게 말았고, 두 눈은 달콤한 잠에 취해 사르르 감겼다.

제발 반복은 그만

　　우리는 아무 말 없이 집으로 돌아가는 길이었다. 해는 기울어 길가에 있는 나무들이 기다란 그림자를 드리웠다. 조수석에 앉아 가만히 여름 풍경을 감상하던 야콥이 나를 향해 시선을 돌리며 진지하게 말을 꺼냈다.

🐮 오늘은 별로 신나지 않네.

🙂 그러게, 지난번 소풍은 최고였는데!

　　2주 전에 날씨가 매우 좋아서 누가 먼저라고 할 것 없이 소풍을 나섰다. 우리는 자동차에 몇 가지 물건을 싣고 도시를 빠져나와 무작정 북쪽으로 가다가 플뢴 호수Ploner See*에 다다랐다. 한동안 산책하다가 풀밭에 돗자리를 펴고 낮잠을 잤다. 친절한 가족을 만나서 함께 시간을 보내기도 했는데, 야콥은 내내 그 집 암캐와 뛰어놀았다. 우리

---

* 슐레스비히홀슈타인주의 소도시 플뢴을 감싸는 호수.

는 해 질 녘에야 집으로 발걸음을 옮겼고, 기분은 세상을 다 가진 듯 충만했다.

오늘도 화창해서 야콥과 나는 다시 플뢴 호수에 가기로 했다. 특별히 맛있는 음식도 장만했다. 우리는 지난번처럼 풀밭에서 낮잠을 자고, 친절한 사람들도 만나 함께 시간을 보냈다. 그렇게 안락한 오후가 지나가고 있는데, 모든 것이 이전만큼 재미있지 않고 시시하게 느껴졌다. 그래서 잔뜩 가라앉은 기분으로 집을 향해 가는 중이었다.

🐄 오늘은 왜 재미가 없지?

🗿 우리가 원하는 것을 마음속에 그려놔서 그럴 거야.

🐄 인간에겐 이런 일이 종종 있어?

🗿 자기를 행복하게 해준 일을 반복하는 거?

야콥은 말없이 고개를 끄덕였다. 문득 학창 시절에 경험한 일이 떠올랐다.

🗿 반복이 늘 영리한 행동은 아니라는 것을 열아홉 살 때 처음 알았어. 당시 난 그리스의 섬을 싸돌아다녔거든.

🐄 섬을 마구 날뛰고 다녔다고? 제정신이 아니었군.

🗿 내 말은 자발적으로 이 섬 저 섬을 여행했다는 뜻이야. 한번은 코앞에서 배를 놓치는 바람에 다른 섬으로 갔는데, 거기서 좋은 사람들과 멋진 시간을 보냈지.

🐂 그런데?

🗿 2년 뒤에 다시 그 섬을 찾아갔어. 기대감에 잔뜩 부풀어서.

🐂 그랬는데?

🗿 섬은 여전히 좋았어. 그래도 현실은 장밋빛 추억을 따라가지 못했지.

🐂 실망했겠네?

🗿 괜히 왔다고 후회했다니까.

🐂 전에 네가 친구 몇 명을 초대해서 술 마시고 밤새 카드놀이한 거 기억해?

🗿 다음 날 아침에 숙취가 심했지만, 그날 밤은 말할 수 없이 재밌었지!

🐂 그러고 나서 한 번 더 카드놀이를 했지.

🙂 그때도 엄청 실망했어.

🐂 인간이란 정말 순진한 종이야.

🙂 개들은 아니야?

🐂 절대! 우린 처세에 상당히 능하다고.

🙂 주말에 보고 너무나 좋았다면서 유치찬란한 할리우드 개 영화를 다시 보자고 고집부린 게 누구더라?

🐂 그 영화는 진짜 재밌거든. 비현실적인 구석이 좀 있긴 해도 얼마나 긴장감이 넘치는데!

🙂 두 번째 볼 때도 그랬어?

🐂 처음 볼 때만큼은 아니지.

🙂 보다가 잠든 거 알지?

🐂 기억 안 나.

나는 흐뭇한 얼굴로 실실 웃었는데, 별안간 야콥이 큰 소리로
말했다.

🐾 저기 큰길 앞에 갈라진 들길 보이지? 그리로 가보자!

🐾 갑자기 무슨 소리야? 난 그 길이 어디로 연결되는지 몰라.

🐾 바로 그거야!

야콥이 히죽거렸다.

오늘 좋았던 일 세 가지

야콥이 오기 전에 나는 개에 관한 책을 몇 권 읽고 불변의 규칙이 있다는 걸 알았다. 개가 소파에 앉지 못하게 할 것, 침대에는 접근 금지할 것. 개가 집안의 위계질서에서 자기 위치를 배워야 하기 때문이라고 했다. 이 말은 꽤 논리적으로 들렸다.

하지만 내가 미처 생각하지 못한 것이 있었다. 사랑하는 개를 품에 안고 소파에 누워 있는 기분이 얼마나 황홀한지 말이다. 그래서 이기적인 마음으로 한 가지 타협을 했다. 소파에 반려견을 위한 담요를 깔고 야콥은 그 위에 앉게 한 것이다. 물론 침대는 한 치도 양보하지 않았다.

집필하기 위해 추운 겨울 덴마크에 일주일 머무르는 동안 야콥과 단둘이 휴가용 별장에서 지냈다. 이불 속에 야콥과 함께 있으면 얼마나 따뜻하고 포근할까? 정말 따뜻하고 포근했다. 그날부터 야콥은 내 침대에서 잤다. 부디 여러분은 이 일에 대해 내게 아무 말도 하지 말아주시기를….

🦴 오느젤조아떤거세개마래바.

🗣 뭐, 뭐라고?

야콥이 이불 속에서 웅얼거려 무슨 말인지 도무지 알아들을 수 없었다. 나도 반쯤 잠든 상태였다. 야콥이 어둠 속에서 이불 밖으로 머리를 내밀고 다시 말했다.

🐂 오늘 젤 좋았던 거 세 개 말해보라고.

🗣 갑자기 웬 뚱딴지같은 소리야?

🐂 방금 오늘 있었던 일을 생각했거든. 뭐가 좋았나 하고.

🗣 오늘 뭐가 좋았는데?

나는 졸리지만 야콥이 그냥 넘어가지 않으리란 걸 알았다.

🐂 아침에 산책할 때 어떤 숙녀가 나한테 과자를 준 거. 물론 넌 다른 사람이 나한테 뭔가 주는 걸 달가워하지 않지만.

🗣 흠….

🐂 우리가 집에 거의 도착할 무렵, 구름이 활짝 걷히고 햇빛이 쏟아진 것도 진짜 좋았어.

🗿 그건 나도 좋았어.

🐂 넌 오늘 뭐가 제일 좋았는데?

🗿 내담자 B 씨가 상담이 끝나고 오늘 뭔가 중요한 걸 배웠다면서 고맙다는 말을 하고 나갔는데, 그 순간 기분이 최고였어!

🐂 난 오늘 여친 트루디랑 달리기 시합을 했는데, 숨이 차서 한참 헐떡거렸어도 얼마나 신났는지 몰라.

🗿 일을 마치고 집으로 돌아오는 길에, 갑자기 은은하게 봄 내음이 풍긴 거 기억나?

🐂 그럼, 아주 황홀했지!

🗿 평범한 일상에서 소소한 아름다운 순간이 인생을 살아갈 만하게 만들어주는데….

🐂 사는 게 삭막하다는 사람들은 일상에서 소소한 아름다움과 행복을 못 보는 걸까?

　　우리는 어둠 속에서 잠시 부둥켜안고 누워 서로의 숨소리에 귀 기울였다.

☞ 난 네가 하루를 조각내 어떻게든 끝내버리려고 한다는 인상을 받을 때가 있어.

🗿 그저 일상을 해치우는 게 전부처럼 보인다는 말이야?

☞ 그래. 난 자기 인생을 그렇게 다루는 건 배은망덕한 짓이라고 생각해.

🗿 배은망덕까지?

☞ 물론이지! 우린 많든 적든 이 땅에서 살 수 있는 날을 선물로 받았어. 그 선물을 가치 있게 쓰기 위해 아무런 노력을 하지 않는다면 배은망덕한 게 아니고 뭐야? 소소한 일상의 행복에 기뻐하지 않는 것도 마찬가지고.

🗿 선물로 받은 하루를 허투루 보내는 게 바람직한 방법은 아니지.

　어리석은 내가 다시 삶에 대해 좀 더 이해한 걸 느꼈는지, 어둠 속에서 야콥이 만족스럽게 머리를 끄덕거렸다. 우리는 한동안 그렇게 누워 아무 말 없이 이 순간을 즐겼다.

☞ 밤마다 그날 있었던 최고로 멋진 일을 생각하며 자자.

 좋은 생각이야.

 네 이불 덮고 자도 돼?

 응. 그런데 반려견 학교 선생님한테 말하면 안 돼….

우리에게 좋은 걸 누릴 권리가 있을까?

🗣️ 야콥! 제발 친구한테 그러지 마.

　　나는 평소처럼 잔디밭 가장자리 벤치에 앉아, 풀밭에서 평화롭게 다른 개들과 어울리는 야콥을 보고 있었다. 그런데 야콥이 갑자기 반려견 학교 친구를 덮치기라도 할 듯이 짖으며 이빨을 드러냈다. 야콥은 내가 소리치는 것을 듣고 당황한 눈빛을 하더니 나를 향해 걸음을 옮겼다.

🐕 건방진 놈!

🗣️ 시저가 뭐라고 했는데 그래?

🐕 시저가 불가리아에서 온 거 알지? 새끼일 때 쓰레기통에서 구조된 것도.

🗣️ 알지. 가여운 녀석….

🐾 저 배은망덕한 놈이 최근 일주일 동안 반려견 호텔에서 지내는 바람에 화가 났는지, 자기 사람 집에는 정원도 없고 발코니도 없다고 떠벌리더라고. 자기가 먹는 사료도 할인 매장에서 산다고 흉보고.

🐒 그야 뭐, 너도 가끔 피자 안 준다고 투덜대잖아.

🐾 내 입맛이 고급스러운 건 인정하지만, 시저와 비교할 순 없어! 저 녀석은 감사할 줄 모른다고. 지가 굶기를 해, 두들겨 맞기를 해. 아니 어떻게 발코니가 없다고 화를 내냐고?!

🐒 거참.

🐾 어리석은 놈!

아홉이 이렇게 화내는 모습은 보기 드문 일이다.

🐒 감사할 줄 모르는 사람도 많아. 잘 먹고, 건강하고, 사랑하는 사람이 있는데도 감사는커녕 불평만 늘어놓지.

🐾 저 배은망덕한 놈처럼?

🐒 그래.

야콥은 내 발 옆 풀밭에 자리 잡고 앉았다. 우리는 다른 개들과 사람들이 즐겁게 노는 모습을 바라봤다.

🐕 개나 사람이나 자기가 좋은 걸 누리는 게 자격이 있어서 그렇다고 생각하나 봐. 건강하고 사람들이 자신에게 친절하고… 이런 것들 말이야. 누리는 걸 너무 당연하게 여겨.

😐 사람들의 소망을 이해 못 하는 건 아니지만, 나도 가끔 권리만 주장하고 노력하지 않는 사람을 보면 화가 나.

🐕 인도에 살 때는 사람들이 "난 그럴 권리가 있어" "그건 내 권한이야"라고 말하는 걸 들어본 적이 없어. 그곳 사람들은 여기 사람들과 생각하는 방식이 좀 다른가 봐.

😐 그럴 수 있어. 실제로 우리는 소유와 권리에 대한 환상을 발전시켜왔거든.

🐕 바닷가에 사는 개가 배우는 게 있다면, 온갖 소소한 것에도 진심으로 감사하는 태도야. 먹이 한 조각, 친절한 말 한마디, 쓰다듬어주는 것… 무엇보다 살아 있다는 데 감사하지!

😐 여기서 그런 소소한 것에 감사하는 사람을 찾아보기는 쉽지 않아. 주름이 산업재해 같고, 자기는 영원히 늙지 않을 거라고 생

각할 정도지. 나도 가끔 그렇게 생각한다니까. 인생의 행복에 전혀 도움이 안 되는 생각인데 말이야.

야콥이 지나가는 개와 인사하고 내 곁으로 돌아와 앉더니 말했다.

 바라는 게 그토록 많으면서 행복해지고 싶어 하는 너희를 보면 좀 기이해.

기이하기까지? 하긴 많은 시간과 에너지를 더 갖지 못해 분개하는 데 써버리는 사람들도 있으니까.

 내 말이 그 말이야.

우리는 좀 더 겸손한 모습으로 서로를 보고 미소 지었다. 곧이어 야콥이 입을 열었다.

 네가 얼마 전에 "뭐 이따위 책이 내 책보다 잘 팔리는 거야"라면서 무척 흥분하지 않았어?

…….

 모든 사람이 네가 쓴 책만 읽고 싶어 하는 게 당연하다는 듯이 말했잖아?

넌 독자들 앞에서 꼭 이렇게 창피를 줘야겠어?

그래서는 행복을 돌볼 수 없는 거지, 응?
그치?
야, 도대체 어디 가는 거야?
날 두고 아무 말도 없이 가버리면 어떡해!
아, 저 인간!

감사는 주름을 없애는 데 도움이 된다

언젠가 미국 영화배우 베티 데이비스Bette Davis가 늙어가는 데 겁먹을 필요는 없다고 말한 적이 있다. 내 나이가 50대로 접어들자, 이 말에 찬성할 수밖에 없었다. 나는 마흔이 되는 것도 커다란 도전으로 느꼈지만, 야콥을 알기 전에 중년의 위기로 휘청거린 다음부터 나이는 그저 숫자일 뿐이다.

몹시 초조하고 쪼잔해 보이는 심리치료 전문가? 그랬을지도 모른다. 그때는 친구들이 좋은 의미로 해준 다정한 말도 아무런 도움이 되지 않았다. 주름과 늘어진 피부를 그냥 지나치거나 토닥일 수만은 없었다. 이런 때 진실로 도움이 되는 게 있는데, 바로 감사다.

나는 이 교훈을 매우 슬프게도 가장 친한 친구 파울라의 죽음을 통해 배웠다. 파울라는 첫 번째 암이 완치됐다는 판정을 받은 지 얼마 되지도 않아 새로운 암이 발견됐다는 진단을 받았다. 파울라에게 남은 시간이 고작 2년이라고 했다. 나는 파울라가 진단받은 날부터 11월 어느 날 눈감을 때까지 곁에 있었다.

6개월 뒤 내 생일이 다가왔고, 나는 반사적으로 내 주름과 탄력 없는 피부를 보며 한탄했다. 그리고 이런 자기 연민에 몹시 놀랐다. 한 살 더 나이 먹을 수 있다는 게 얼마나 큰 특권이며, 그토록 살기를 바란 파울라와 달리 내 넋두리는 얼마나 감사함을 모르는 것인지 문득 깨달았기 때문이다.

인생을 그렇게 바라보자 감사함을 느낄 수 있었고, 내 불만은 싹 물러났다. 그것은 새로운 깨달음이었다. 감사는 건강한 시각을 갖게 하는 동시에, 불만을 상대화할 수 있게 도와준다. 이는 과학적으로도 입증됐다. 미국의 심리학자 소냐 류보머스키Sonja Lyubomirsky는 《행복도 연습이 필요하다The How of Happiness》에서 다음과 같이 간단히 정리했다.

"감사하는 사람은 긍정적인 경험을 더 많이 할 수 있고, 분노와 질투, 죄책감 같은 부정적인 감정을 덜 경험한다. 자존감이 높아지고, 스트레스 상황에 쉽게 대처할 능력이 있다."

근사한 말 아닌가! 매일 밤 '오늘 있었던 최고로 멋진 일 세 가지'를 떠올려보자는 아이디어가 야콥만의 생각은 아니다. 심리학자 로버트 에몬스Robert Emmons는 실험 참가자 중 한 그룹에게 오늘 하루 경험한 감사한 일 다섯 가지를 적도록 했다. 다른 그룹은 부정적인 경험을 써야 했다. 10주 뒤 첫 번째 그룹 참가자들에게 긍정적인 변화가 나타났다. 그들은 자기 삶에 더 만족한다고 답했고, 자신이 더 건강하다고 느꼈으며, 운동도 이전보다 많이 했다.

사람들은 감사하는 태도를 훈련할 수 있다! 애석하게도 우리 가운데 많은 사람이 감사하는 마음 밭을 일구지 않고 반대로 행동하면서 좋은 일을 당연한 것으로 여긴다. 그들은 눈부신 여름날 기뻐하기보다 "7월에 흔한 일"이라고 말한다. 심지어 함부르크에서도! 그들은 좋은 음식을 즐기지 않고 열량이 높다며 불평하느라 바쁘다. 미소와 친절한 말 한마디에 감사하기는커녕, 사람들이 자신에게 친절한 것을 예사로운 일로 받아들인다. 그건 예의라고 생각하면서.

　　꼭 그래야 하는 건 아니지만, 비 오는 날 집으로 피자를 배달해준 이에게 "고마워요, 잘 먹을게요"라고 인사할 수 있다. 계산대 앞 직원에게 "좋은 날 보내세요!"라고 친절한 인사를 건넬 수도 있다.

———

화장품과 운동, 건강한 음식이 주름을 없애고 탄력을 주는 데
도움이 될 수 있다. 하지만 감사하는 마음으로 이번 생과 조우하는 것이
훨씬 효과적이다. 우리의 행복은 잠시 허락된 것이기 때문이다.
그게 올해 혹은 오늘만을 위한 것인지 누가 알겠는가!

———

03

생각을 다 믿어도 될까?

개처럼 생각하기

한 내담자가 삶에 대한 압박감 때문에 나를 찾아왔다. 그녀를 안나라고 부르겠다. 안나는 할 일이 너무 많아서 하루가 30시간이어도 부족하다고 했다. 현재 직장에서 힘든 시기를 보내고 있으며, 고강도 운동 프로그램과 직업교육도 포기할 수 없고, 집도 수리해야 하기 때문이다. 상담을 마친 안나가 다정하게 인사하고 나가자, 야콥은 그녀를 더 볼 수 있을 것처럼 닫힌 문을 쳐다봤다.

🐾 안나가 안타까워!

🙂 나도 그래.

🐾 안나는 맛있는 과자를 많이 먹으려고 저렇게 애쓰는 거야?

🙂 안나는 애쓰는 만큼 과자 같은 걸 얻을 수 없어. 그래서 걱정되네.

🐾 애쓰는 만큼 과자를 못 얻는다고?

🗿 안나는 쓰는 것보다 버는 게 훨씬 많지만, 돈 쓸 시간도 가족이나 친구와 함께 보낼 시간도 없어.

🐂 이해가 안 돼. 그럼 안나는 도대체 왜 그 많은 일을 해야 한다는 거야?

🗿 나도 같은 질문을 했어. 안나는 직장에서 사장과 동료들이 자기에게 거는 기대가 아주 크기 때문에 어떻게든 다 해내야 한다더라고. 그러지 않으면 사람들이 자기에 대해 나쁘게 생각할 거라고. 하지만 나는 사장과 동료들이 안나에게 많은 기대를 한다는 말을 믿지 않아.

🐂 안나가 너한테 거짓말을 했다고?

🗿 아니, 안나는 자신에게 거짓말하고 있어. 그 사실을 안나는 잘 모르지만.

🐂 그래서 네가 안나에게 자기 생각을 정말로 믿느냐고 물어봤구나?

🗿 좀 복잡한 문제인데, 사람들이 뭔가를 무조건 해야 한다고 생각하는 건 흔한 일이야. 곰곰이 생각해보면 말도 안 되는 생각이지.

🐂 네가 어제 날씨가 화창한데도 할 일이 많다고 풀밭에 안 간 것처럼? 그건 말이 돼?

🗿 어젠 정말 눈코 뜰 새 없이 바빴어.

🐂 안나도 눈코 뜰 새 없다며 자신이 받는 압박감에 대해 끊임없이 말하잖아.

🗿 그래서 내가 안나를 잘 이해하는 거야!

🐂 내가 너무 많이 먹었을 때 배에 드는 압박감, 그런 거?

🗿 생각 속의 압박감은 그보다 훨씬 불쾌해.

야콥이 어슬렁어슬렁 바구니 집으로 걸어가 몇 번 빙빙 돌더니, 벌러덩 드러누웠다. 하지만 다시 벌떡 일어나 내가 있는 곳으로 왔다.

🐂 개가 "공을 빨리 가져오고, 저기 있는 다람쥐도 쫓아가야 하는데…. 그럼 나중에 저녁거리가 생길까?"라고 말하는 걸 들어본 적 있어?

🗿 당연히 없지.

🐂 난 공이나 막대기를 가지러 가. 왜? 그러고 싶으니까. 좋은 행동은 아니지만 작은 다람쥐도 끝까지 쫓아가. 왜? 그러면 기분이 좋거든.

🙂 보상 때문이 아니고?

🐂 맞아, 맛있는 걸 먹을 수 있다면 개는 못 할 일이 없어. 반려견 학교에서 하는 것처럼 완전히 멍청한 짓도 해! 물론 보상이야 받지. 하지만 그것도 너희가 원하는 걸 우리가 했을 때 얘기야. '혹시라도 나중에' 보상을 받는다면, 제법 영리한 개가 웃음거리가 돼서 알록달록한 훌라후프를 뛰어넘고 통과하는 짓을 하겠어? 안나와 넌 아무런 보상도 바라지 않고 하기 싫은 일을 해?

🙂 우리 둘 다 맛있는 과자 같은 것, 이를테면 기분 좋고, 재미있고, 행복하기를 바라지.

🐂 정말?

🙂 당연하지! 다만 우리는 오래전부터 보상에 대해 생각하지 않고 우선 노력해야 한다고 배웠어. 흔히 사람들은 "노력 없이 대가도 없다"고 말하지만, 대가부터 물으면 이상하게 봐.

    야콥이 나를 이상하다는 듯 쳐다봤다.

🗿 이상해? 우리도 어릴 때는 혼란스러웠어. 어쩌면 우리는 대부분 언제 자기 자신과 보상에 대해 생각하고 요구해도 좋은지, 언제 그러면 안 되는지 전혀 이해하지 못했을 거야. 그 때문에 항상 되도록 많이 노력해야 한다고 배웠는지 몰라.

🐄 사람들한테 이상하게 보이지 않으려고?

🗿 응.

🐄 안나도 이상하게 보일까 봐 두려워하던데.

🗿 게으르고 우유부단하거나 이기적인 사람으로 보이기 싫은 마음도 있어.

야콥이 한동안 망설이다가 조용히 물었다.

🐄 넌 내가 게으르고, 우유부단하고, 이기적이라고 생각해?

🗿 진심을 알고 싶어?

🐄 어.

🗿 너는 개잖아. 그래서 넌 무엇보다 먼저 재미가 있는지, 맛있

는 음식을 먹는지 생각해. 어떻게 해서라도 잠잘 기회를 놓치지 않고. 겸손과는 거리가 있지.

🐮 그래서 날 이상하게 보는 거야?

🐶 말도 안 돼! 난 네 모습 그대로가 좋아. 덕분에 내가 잘 지내고.

🐮 모든 인간이 조금이라도 개처럼 되면 어떨까? 더 게으르고, 덜 우유부단하고, 더 이기적이고, 보상에 대해 더 생각하고.

🐶 글쎄… 오직 자기 행복을 생각하는 데 익숙한 사람도 있어. 하지만 내가 아는 대다수 사람에겐 '개처럼 생각하기'가 분명 커다란 효과가 있을 거 같아.

🐮 안나한테 개 한 마리 입양하라고 권해보면 어때?

🐶 안나가 더 게으르고 덜 우유부단하면서 더 이기적으로 변하게?

🐮 빙고!

안나의 심리치료사로 걔가 나보다 좋을 거란 얘기야?

진심을 알고 싶어?

됐어.

사랑은 환상일 뿐?

나는 몇 시간째 소파에 누워 있다. 초콜릿을 두 판이나 먹어 치워 속이 느글거린다. 이런 내가 너무너무 안쓰럽다. 상사병이다! 나는 그 유일무이한 인간을 처음 만난 때부터 우리가 서로를 위해 존재하고 예정된 사람이라는 확신이 들었다. 우리 앞에 아름다운 미래가 펼쳐져 있다는 것을 절대로 의심하지 않았다. 우리가 어젯밤 대화하기 전에는. "난 널 정말 좋아해, 하지만…."

내 슬픔을 달래주는 건 초콜릿뿐이다. 야콥은 의사가 임종을 앞둔 환자에게 하듯 나를 살며시 지켜봤다.

🗿 난 정말 잘될 줄 알았어.

🐏 맞아, 너희는 참 잘 어울렸어.

🗿 우린 정말 멋진 커플이 될 수 있었는데!

🐏 그러게.

🗿 혹시 이런 거 아닐까? 사람은 착각할 수 있기 때문에 어떤 사람을 사랑하지 않는다고 생각할 수 있고, 문득 다른 사람에게 더 마음이 있다는 걸 깨달은 거야. 그런 다음 뼈아프게 후회하지. 하지만 그 사람에게 전화할 용기가 없어. 자기를 사랑하지 않는다는 말을 들을까 봐. 또….

🐮 맞아, 모든 게 가능해.

아홉이 동정하는 눈빛은 내가 완전히 정신 나간 인간이라고 말하는 듯했다.

🗿 넌 내가 완전히 돌았다고 보는 거야!?

🐮 완전히는 아니야.

🗿 참 고맙네.

🐮 음악 그 거시기 안에 있는 CD 마지막 노래 좀 틀어줄래?

🗿 설마 알렉산드라!?

🐮 틀어줘.

내가 고분고분 리모컨을 누르자 고통에 찬, 허스키한 목소리가 흘러나왔다. "환상은 여름 바람 속에 활짝 피고, 꽃잎을 아름답게, 하지만 덧없이 사라지게 하지."

🗿 꼭 이래야 해?

🐂 잘 들어봐!

"환상은 네가 만든 것, 네가 사랑한 인간은 널 보고 비웃었지. 그래서 네가 지은 공중누각은 하룻밤 새 무너졌어." 야콥이 나지막하게 낑낑거리며 다 아는 가사를 흥얼거렸다. "환상은 젊은 날 춤추는 활짝 피는 현실, 고통의 첫 숨결은 이를 사라지게 하지." 드디어 CD와 야콥이 잠잠해졌다. 야콥이 주의 깊은 얼굴로 쳐다봤다.

🗿 정말 끝내준다. 이게 나를 위로한다고 생각해?

🐂 당연하지.

🗿 그동안 내가 환상에 빠져 있었다는 거 알아. 하지만 그땐 어떻게 알았겠어?!

🐂 알렉산드라가 불교 신자라고 했나, 아니 힌두교도?

🗿 둘 다 아닐걸. 왜 그런 생각을 하는데?

🐂 삼스와 사라에 대해 들어본 적 있어?

🗿 삼스?

🐂 어, 그거랑 비슷해. 내가 살던 바닷가 요가 선생님한테 배웠어. 그는 세상이 환상에 불과하다고 말했지. 그러면서 이것을 삼스와 사라라고 했고.

🗿 삼사라samsara(윤회)가 아니고?

🐂 어쨌든 그렇게 불러. 모든 것은 환상에 불과하다고. 너희 인간은 거기에 집착해서 고통을 받는 거야.

🗿 그러니까 탁자 위에 맛있는 음식이 환상일 뿐이라고 생각하라는 말이야?

🐂 당연히 아니지! 맛있는 건 진짜라고.

🗿 알아. 하지만 내 감정도 진짜 아닌가?

🐂 네가 느끼는 건 틀림없이 진짜지만, 그 감정은 대부분 환상

때문에 일어나는 게 아닐까? 있는 그대로의 모습이 아니라 네가 진심으로 원해서.

🗿 네가 언제부터 연애 전문가였지?

🐂 나 참, 내 고향이 발리우드 영화가 탄생한 곳이라고! 내가 바닷가 레스토랑에서 그걸 얼마나 많이 봤는데.

🗿 아, 그렇군.

🐂 사랑에 빠진 감정은 감미로워. 하지만 앞뒤 가리지 않고 온통 그 감정에 자신을 맡기는 건 그렇게 감미롭지 않지. 그런 다음 마음이 넘겨받은 거고, 마음은 환상을 사랑해! 불행은 이렇게 제 갈 길을 간 것뿐이라고. 안 그래?

🗿 항상 그런 건 아니야. 사랑에 빠져 오랫동안 깊은 관계를 유지하는 경우도 있어. 흔치 않지만.

🐂 흔치 않은 관계를 위해 그런 드라마를 반복해서 꼭 써야 해?

🗿 우리가 발리우드나 할리우드 영화를 너무 많이 본 모양이야. 그래서 진실한 사랑은 영화관에서 본 것과 똑같다는 생각이 머릿속에 자리 잡았지.

🐕 미안하지만 그 점에서는 인도 사람들이 너희보다 아주 조금 합리적이야. 그들은 위대한 로맨스를 사랑해도 그건 영화에서 일어나는 일이라는 걸 알아. 그래서 너희보다 덜 괴로워하는 거 같아. 대신 사랑에 빠진 감정으로 향기로운 영화를 만들지.

우리의 대화는 나를 자기 연민에서 끌어냈다. 내가 일이 자연스럽게 흘러가도록 기다리지 못하고 많은 환상을 품은 건 부정할 수 없는 사실이다.

🐕 난 어릴 때 치지직 소리가 나는 낡은 TV 속 영화가 진짜 현실이라고 믿었어. 그런 드라마 같은 일이 실제로 이 작은 상자 속에서 벌어진다고 말이야. 나는 점처럼 작은 각양각색 사람들을 향해 짖었고, 종종 얼마나 흥분했는지 몰라. 모든 게 환상이라는 걸 깨닫기 전의 일이지만. 요가 선생님이 세상도 이와 같다고 말했지. 흥분하는 건 아무런 도움이 안 된다고도 했고.

🐒 정말 뼈가 있는 말이네.

🐕 개가 모든 일에 드라마를 만들지 않는다면 사는 것쯤이야 아주 쉽다고.

🐒 혹시 드라마라면 내가 피자를 먹고 있을 때 네가 낚아챈 걸 말해? 그리고 네가 어떤 피자도 먹을 수 없다는 걸 알면서 금단증

세를 보이는 중독자처럼 행동한 것?

🐂 중독자가 뭐야?

🙂 뭔가에 상당히 의존해서 그것을 얻지 못하면 끔찍한 기분이
드는 사람.

🐂 내가 피자 중독자라는 말이네?

🙂 그건 좀 과장이고. 하지만 넌 종종 피자를 먹는 환상에 빠지
고, 네 상상력은 실제로 피자를 먹는 것보다 훨씬 근사하지 않나?

🐂 네가 위대한 발리우드 사랑을 상상하는 것처럼?

　　내가 위대한 사랑에 대한 약속으로 길들여온 인생의 적잖은 상
황이 머릿속을 스치고 지나갔다. 야콥은 내가 생각에 빠진 틈을 타서
우리 앞 탁자에 놓인 과자를 앞발로 잡으려 했다. 헛수고였다.

🙂 우리에게 마음을 환상에 의존하는 경향이 있나 봐.

🐂 혹시 우린 요가를 배워야 할까?

🙂 요가는 내 스타일이 아닌데.

🐂 우리가 계속 현실로 돌아갈 수 있게 서로를 돕는 건 어때?

😐 "사랑하는 야콥, 내 피자는 자네의 환상에 불과하네", 이렇게?

🐂 아니면 이렇게. "톰, 다른 운전자가 엉터리로 운전한다고 계속 화낸다면 그건 삼스와 사라일 뿐이라네."

😐 "자네가 큰 개를 무서워하는 건 영화에 불과하네!"

🐂 "서점 매대에서 네 책을 거의 볼 수 없을 때 너의 비애도 마찬가지지!"

😐 상대방의 환상을 조금씩 깨는 게 전혀 나쁘지 않네.

기분이 눈에 띄게 나아졌다. 여전히 슬프긴 해도 내가 거절당한 것을 좀 멀리 떨어져서 볼 여유가 생겼다. 감정과 나 자신을 꽤 잘 견뎌낼 수 있었다. 좋은 시작이다. 야콥이 앞발로 리모컨을 내게 밀었다.

🐂 알렉산드라 노래 좀 더 듣자.

😐 그런 우울한 노래는 제발 그만 듣자고!

현재와 미래

 놀고 싶지 않아?

야콥은 노는 것을 그다지 좋아하는 편이 아니다. 아까부터 야콥은 게으름을 피우며 오후의 햇살이 쏟아지는 테라스에 누워 있었다. 야콥이 무거워 보이는 머리를 조금 힘겹게 들고 흐리멍덩한 눈으로 나를 바라봤다.

 먹는 데 전문가인 네 의견이 궁금해.

야콥이 갑자기 말똥말똥한 표정과 기대에 찬 눈빛으로 나를 쳐다봤다.

 잘 봐, 아주 간단해. 여기 바닥에 네가 제일 좋아하는 과자를 하나 놓을 거야. 넌 먹을 수 있어. 하지만 내가 조금 뒤 돌아올 때까지 먹지 않으면 과자 두 개를 받을 거야. 알겠지?

야콥은 의심스럽다는 듯 비스듬히 누워 날 쳐다봤다. 나는 고양이용 치즈크래커(카미노는 이 크래커를 몹시 싫어하고, 야콥은 무척 좋아한다) 하나를 야콥의 코앞에 놓았다. 야콥은 1초도 망설이지 않고 크래커를 꿀꺽 삼켰다. 나는 야콥이 순간이나마 두 배 이익에 대한 생각을 전혀 염두에 두지 않은 데 놀랐다.

🗿 두 번째 과자를 얻기 위해 방금 네가 뭘 해야 했는지 모르는 건 아니지?

🦴 너도 내가 늑대의 아종(*Canis lupus familiaris*, 개의 학명)이라는 걸 모르진 않겠지? 이게 웬 심술궂은 놀이야? 어서 두 번째 크래커 내놔!

나는 일이 잘 진행됐음을 알았다. 야콥에게 과자를 주고 내 관심인 심리학적 엄중함을 변명하고자 애썼다.

🗿 예전에 이와 비슷한 실험을 했어. 실험하는 사람이 아이들에게 마시멜로 하나를 주면서 자기는 방을 나간다고 말했어. 돌아올 때까지 먹지 않고 기다리면 마시멜로를 두 개 준다고 했지. 어떤 아이들이 높은 보상을 위해 자기 욕구를 의식적으로 통제할 수 있는지 보려고 한 실험이야. 그 실험 결과가 아이들 성격에 대해 말해주는 걸 알아보려고 했지.

🦴 그래, 끝내준다.

🗿 먹지 않고 기다린 아이들은 어른이 돼서도 실망과 스트레스 상황을 다루는 능력이 먹은 아이들보다 뚜렷이 나았어. 방금 이에 대해 읽었는데 몹시 흥미롭더군. 너처럼 똑똑한 개는 어떻게 반응할지 궁금했어.

🐕 입에 발린 소리는 듣고 싶지 않아. 인간은 그런 아동 학대가 재밌나 봐?

야콥은 (또 다른 과자는 없는지 염탐하기 위해 내 옆을 지나가면서 슬쩍 주방을 곁눈질했지만) 정말 화가 난 모양이었다.

🐕 너희가 우리 개들보다 실망을 잘 다루는 거 같긴 해. 하지만 우린 맛있는 과자를 어떻게 해야 하는지 정도는 잘 안다고.

🗿 그만 잊어버려, 그냥 실험이라고….

🐕 아니, 잊을 수 없지. 이 실험하는 양반아, 미래에 보상을 받으려고 완벽히 포기하는 종이 있다면 틀림없이 너희 같은 종이라고! 이건 정말 자랑스러울 게 없고, 아무것도 아니야.

🗿 무슨 말을 하는 거야?

야콥이 한층 진지한 표정으로 내 앞에 몸을 곧추세웠다. 나는 기나긴 강연을 피할 수 없다는 걸 알았다.

🐂 난 인간이 종종 현재의 좋은 걸 포기하면서 언젠가 만회할 거라고 생각하는 걸 잘 알아. 네가 친구 파울라의 목록에 대해 이야기했잖아?

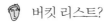 버킷 리스트?

🐂 맞아. "지금은 마시멜로를 먹으면 안 돼. 내일 두 개 먹거나, 모레 세 개 먹을 순 있어." 너희는 이런 걸 합리적인 생각이라고 여기지.

야콥이 인간의 말을 인용할 때마다 즐겨 사용하는 투로 말했다. 인간 실존의 온갖 우스꽝스러운 면을 폭로하기 위해서. 야콥은 여기에 완전히 빠져 있었다.

🐂 난 그런 말을 하는 인간을 믿지 못하겠어! 인간은 내일로 미루고 그저 자신을 위로하느라 바빠. 왜 그래야 하지? 난 이해할 수 없어, 특히 나 같은 바닷가 출신 개는. 그때 우린 인도에서 먹을 게 있으면 잽싸게 먹어 치웠어. 그게 언제 다시 있을지 아무도 모르니까. 누가 날 쓰다듬어주면 어떻게 해서든 온몸으로 만끽하려고 했어. 사람들이 떠돌이 개를 쓰다듬는 게 흔한 일은 아니니까. 벼룩 뭐 이런 거 때문이 아닌가 싶어.

넌 내가 과자를 포기하고 내일로 미뤄야 했다고 보는 거야? 내가 인도 바닷가 떠돌이 개 출신인 걸 몰라서?

🗿 잘 알지.

🐾 인간은 '기대감이야말로 최고의 기쁨'이라고 주장하는데, 넌 정말 그렇게 믿어? 네가 사료 캔 따는 걸 지켜보거나 우리가 개들이 노는 풀밭으로 갈 때 모습을 생각하면 일리가 있는 말 같긴 해. 하지만 네가 나한테 4주 뒤에 맛있는 먹이를 준다고 하고, 봄이 돼야 풀밭에 갈 거라고 말한다면… 내가 어떻게 오늘 기뻐할 수 있지? 인간은 어떻게 고통을 참아가며 그것으로 만족하냐고.

야콥은 자기 말이 옳다는 것과 인간의 아픈 곳을 건드렸다는 걸 알았고, 이를 무척 즐기는 듯 보였다. 야콥은 아무 말 하지 않고 내 밑에 앉아 나를 얕봤다.

🗿 넌 삐딱하게 볼지 모르지만, 사람들은 가끔 자기가 자유롭게 할 수 있는 걸 미루기도 해. 아마 두려움 때문일 거야. 설령 자신이 타율적이라고 느끼고, 삶이 판에 박힌 대로 움직인다고 불평해도 말이지.

나는 내심 인간의 부족함에 대한 야콥의 다른 설명을 기대했다.

하지만 야콥은 눈에 띄게 부드러운 눈길로 나를 보면서 조용히 입을 열었다.

🐾 그건 하나도 낯설지 않아. 언젠가 옆쪽 길에서 큰 개가 나한테 시비 걸었을 때, 난 당장 그쪽으로 달려가 단단히 본때를 보여줄 듯이 앙칼지게 짖으며 목줄을 잡아당겼지. 하지만 네가 꼭 쥐고 있어서 굉장히 기뻤어.

😮 나 참, 목줄을 붙들고 있는 게 널 기쁘게 할 줄이야.

야콥은 다시 햇살 아래 누워 머리를 힘겹게 앞발 위에 떨궜다. 눈은 반쯤 열려 있었고, 뭔가 곰곰이 생각하는 듯 보였다. 어쩌면 개와 인간, 목줄에 대해 생각하는지도 몰랐다. 얼마 뒤 야콥이 부르는 소리가 들렸다.

🐾 이봐, 근데 왜 나한테 아직 마시멜로를 안 주는 거야? 뭔지 몰라도 꽤 맛있을 거 같은데.

자기 사용법

🐂 오늘은 멋진 날이 될 거야!

🗿 뭐라고?

🐂 오늘은 정말 멋진 날이 될 거라고.

🗿 어쩌면 넌 그럴지 모르지. 난 절대 아니야. 소득세 신고를 해야 하고, 중요한 행사를 준비해야 하고, 그밖에도 할 일이 많아. 그런데 의욕이 전혀 없고, 잠도 잘 못 잤어. 그건 그렇고, 밖에 보슬비 내리는 거 알아?

완전히 늦잠을 잔 나는 침대 모서리에 걸터앉았고, 오늘이 시작됐다는 사실을 끝까지 받아들이고 싶지 않았다. 야콥은 기분이 좋은지 꼬리를 살랑살랑 흔들며 내 앞에 서서 환한 얼굴로 쳐다봤다. 아침형 인간이 아닌 사람에게 그리 반길 만한 상황이 아니었다.

🐂 오늘은 틀림없이 멋진 날이 될 거야.

🐷 자꾸 똑같은 말만 하는 거 알아? 난 오늘 회의적이라고.

🐮 너 진짜 끝내준다! 네가 삶을 대하는 태도는 동기 심리학적으로 대단히 인상적이야. 너를 찾아오는 내담자와 독자들도 이걸 알아야 해.

내게 필요했을지 모를 강의가 이것으로 끝났다.

🐷 고맙긴 한데, 먼저 커피를 두 잔쯤 마셔야 네가 말하는 그 '멋진 날'이 올 거 같아.

🐮 그래, 좋아. 오늘 시작부터 쉽지 않지?

🐷 네가 아침에 비 맞으며 산책하는 상상을 해봐. 그럼 멋진 날이 시작될 수 있어? 이왕 말이 나왔으니 말인데, 넌 오늘 맛있는 건 다 먹었다. 집에 건식 사료밖에 없거든.

눈에 거슬리는 야콥의 들뜬 기분을 조금 가라앉히면서 어느 정도 만족감이 들었다. 하지만 이 샤덴프로이데Schadenfreude*는 통하지 않았다. 야콥은 나를 동정하는 눈으로 쳐다볼 뿐이었다.

---

* 남의 불행을 보고 드는 쾌감이나 기쁨.

🐟 내가 살던 인도 바닷가 사람들은 하루를 어떻게 시작하는지 알아?

🗿 몰라.

적어도 그 순간에는 알고 싶은 마음이 전혀 없었다!

🐟 그곳에는 아침마다 요가나 기도를 하는 사람도 있고, 그저 해 뜨는 광경을 구경하는 사람도 있어. 그들이 자리를 뜰 때 표정은 아주 평화롭지. 심지어 남몰래 미소 짓는 사람도 있어.

🗿 나 참, 그들은 섭씨 25도인 인도양 야자나무 아래 앉아 있었다고! 그곳이라면 나도 하루가 끝내준다고 생각할 거야. 혼자 실실 웃기도 하고.

🐟 난 거기 사람들이 여기 사람들보다 편안하다고 생각하지 않는데….

나는 딴청을 부렸다. 제발 부탁인데 지금 도덕적인 문제를 꺼내지 말자고!

🗿 지금 나한테 요가나 기도를 하고, 잔뜩 낀 먹구름 뒤에 숨은 아름다운 일출을 생각하라고 진지하게 제안하고 싶은 거야? 아

침을 먹기도 전에?

야콥은 내 어리석은 말에 한숨만 쉬었다.

🐃 그럴 리가. 아침마다 그 지긋지긋한 잡생각에 휘둘리지 않게 노력해볼 생각은 못 해?

🐐 지긋지긋한 잡생각?

🐃 사람들한테 불쾌한 생각이 생기는 건 당연해. 하지만 꼭 그 생각에 매달려야겠어? 그래서는 기분이 좋아질 리 없잖아.

🐐 으음….

🐃 나도 우리가 곧 밖으로 나가 빗속을 걷고 온몸이 젖으면 유쾌하지 않으리란 걸 잘 알아. 아침밥으로 아무 맛도 안 나는 건식 사료를 먹어야 하는 것도. 그건 그렇고, 넌 대체 먹을 만한 음식 하나 제때 장만 못 하냐?

🐐 흠….

🐃 내가 지금 너처럼 불쾌한 일에 집중하면 보나 마나 기분이 안 좋아지겠지. 계속 그 생각을 하면 기분이 더 나빠질 거야. 그래

서 내가 얻는 게 뭐지? 개들은 그렇게 멍청하지 않다고!

🗿　그래서 오늘은 멋진 날이 될 거라고 되풀이하며 스스로 믿게 만드는 거야?

🐕 믿게 만들다니? 나는 막대 던지기 할 때처럼 한 거야. 네가 막대를 던지려고 하면 난 당장 달릴 수 있게 자세를 취해. 그럼 시작하기도 전에 온몸에 전율이 흐르고, 곧 달릴 수 있다는 기대감으로 충만하지. 난 매일 아침 눈을 뜨면 이렇게 해. 좋은 하루를 맞이할 준비가 됐다고 마음을 다잡으면서.

🗿　그런데도 좋은 하루가 되지 않았다면?

🐕 글쎄, 그건 생각 좀 해봐야겠는데. 하지만 개가 재미있게 놀고 하루를 잘 보내자고 마음먹었다면 실제로 좋은 일이 없었다 해도 그리 나쁘지 않아. 그 반대도 마찬가지지. 너희가 나쁜 하루가 기다리고 있다는 생각에 집중할 때를 봐. 그날 운세가 얼마나 안 좋은지.

　　야콥이 하는 말이 다 맞았다. 내 부정적인 기대로 하루를 망친 적이 한두 번이 아니니까. 야콥이 고상하게 표현했듯이 그 지긋지긋한 잡생각 때문에….

🗿 일리 있는 말이야. 나도 너처럼 해봐야겠어.

🐂 해보면 알겠지.

🗿 그러니까 말이지, 오늘은 좋은 하루가 될 거야.

🐂 바로 그거야!

🗿 정말 좋은 날이 될 거라고! 비가 내리고, 소득세 신고도 해야 하지만.

🐂 그 생각은 지금 하지 말고.

🗿 우리가 원하기 때문에 좋은 하루가 되다니, 참 쉽네.

야콥이 성공적인 심리치료에 만족스러워하며 입을 크게 벌리고 웃었다.

🗿 그건 좀 어리석지 않아?

🐂 개나 사람이나 조금은 어리석을 권리가 있잖아?

🗿 그렇군.

나도 웃음이 나왔다. 비아침형 인간의 불평은 후퇴했고, 기분이 한결 나아졌다. 우리는 잠시 창밖으로 함부르크의 우중충한 풍경을 바라봤다.

🗿 참 이상하지. 우린 심리가 대단히 복잡다단한 존재야. 그런 데 좋은 하루가 될 거라고 마음먹기만 해도 기분이 좋아지고, 일을 더 긍정적으로 보다니.

🐂 그건 너희가 쓰는 작은 기계 같은 거야. 컴퓨터도 복잡하지만 너처럼 사용법을 숙지한 사람은 잘 다뤄. 키보드를 거칠게 두드리고, 욕하고, 절망하는 안나 같은 사람은 글쎄… 뭐라고 해야하지? 안나는 그게 재미없나 봐, 그치?

🗿 우리가 자신을 위한 사용법을 읽어야 한다는 말이야?

🐂 너희에게 그런 사용법이 있어? 나도 그게 있으면 좋겠다!

🗿 유감스럽게도 그런 건 없어.

제법 근사한 아이디어다. 우리가 태어날 때 그런 사용법을 가지고 세상에 나오면 얼마나 좋을까.

🐂 느낌이 왔지?

뭔?

오늘이 얼마나 멋진 날인지 말이야!

넌 항상 마지막까지 주장을 굽히지 않아야 직성이 풀려?

그럴 리가.

생각이 아프게 할 때

🐕 제발 그만해.

🐕 어?

내가 피자를 먹을 때 야콥은 방금 불타버린 고모라 땅이라도 본 듯 깜짝 놀란 표정으로 소금 기둥이 돼서 꼼짝 않고 탁자 옆에 앉아 있다. 야콥의 눈은 무척 집중해서 피자 조각이 접시에서 내 입으로 이동할 때마다 따라다녔다.

🐕 그만 보라니까.

🐕 뭘?

🐕 지금도 쳐다보고 있잖아.

🐕 내가 어떻게 쳐다보는데?

야콥은 피자만 보면 인지능력이 민달팽이 수준으로 떨어진다. 내가 마지막 조각까지 맛있게 먹고 나서야 야콥과 다시 대화를 할 수 있었다.

🗣 난 네가 그러지 않았으면 좋겠어.

🗣 나도 어쩔 수가 없어.

🗣 내가 네 밥그릇 옆에 죽치고 앉아 다 먹을 때까지 지켜보면 어떨 것 같아?

🗣 난 전혀 신경 쓰지 않을걸.

🗣 당연히 그러시겠지.

나는 이것으로 조금 전 대화가 성과 없이 끝났다고 생각했다. 하지만 야콥은 평소처럼 잔뜩 굶주린 개의 고통스러운 표정으로 자기 집으로 살금살금 걸어가는 대신, 내 앞에 앉아 뭔가 심사숙고하는 듯 보였다. 잠시 후 야콥이 중얼거렸다.

🗣 나도 그걸 모르겠단 말이야.

🗣 뭘?

🐂 피자처럼 맛있는 음식을 볼 때마다 내가 어쩔 수 없는 이유 말이야. 무자비하고 극도로 불공평하지만, 네가 나한테 피자를 줄 리 없다는 걸 잘 알아.

🙂 네가 인도에서 떠돌이 개로 살 때, 내가 먹는 것을 너한테 나눠줬다고 얼마나 많이 얘기했어. 하지만 여기에선 너한테 맞는 건강한 사료를 먹어야 한다고.

🐂 고루한 인간 같으니라고.

야콥이 앞발을 핥으면서 기분이 상한 듯 굴었다. 다시 내 쪽으로 몸을 돌릴 때까지 이 행동을 계속했다.

🐂 난 피자를 보고 냄새 맡을 때마다 '무조건 먹어야 해!'라는 생각밖에 할 수 없어. 다른 개들이 공을 보면 계속 쫓아가는 것과 같아. 우리가 지적으로 뛰어난 종이긴 해도 말이야.

🙂 그건 의심할 여지가 없어. 하지만 그 빛나는 뇌가 종종 작동을 완전히 멈춰서 문제지.

🐂 너흰 안 그래?

🙂 극단적인 상황에선 그래. 이를테면 공포에 사로잡힐 때처럼.

🐂 그 외엔 안 그런다고?

🗿 응.

🐂 만약에 말이야….

　　야콥은 내게 반박하기를 망설이기라도 하듯 잠시 말을 멈췄다. 하지만 이번에도 내가 완전히 틀렸다고 따끔하게 질책할 상황을 얼마나 즐기는지 알 수 있었다.

🐂 …네가 뭔가에 몹시 화가 나서 한동안 분노에 차 있을 때는? 어제처럼.

🗿 네가 덤불 속 쓰레기 더미에 가려고 갑자기 미친 듯이 도로 위로 달려갔을 때 말이야?

🐂 그 표현은 심하게 왜곡됐다고 봐. 암튼 내가 보기에 넌 한 시간은 제정신이 아니었어. 나에 대한 분노로 네 머리가 완전히 차단됐기 때문이야, 맞지?

　　나는 어제 무척 화가 났다. 내가 매번 버려진 음식의 위험성에 대해 타이르는 말을 야콥이 좀처럼 귀담아듣지 않았기 때문이다. 차가 달리는 도로를 무단 횡단한 것은 더 말하지 않겠다. 나는 정말 제대로 생각할 수 없을 만큼 화가 났다.

🗿 그럴지도 모르지.

🐂 사람들은 너한테 와서 자신이 어리석은 일을 생각하고, 어리석은 짓을 저지를 수밖에 없게 만든 분노에 대해 얘기하지?

🗿 맞아. 하지만 유감스럽게도 그건 단지 화가 났을 때가 아니야. 우리는 무척 당황하고 부끄러울 때도 명료하게 생각할 수 없어.

🐂 얼마 전에 너한테 와서 여사장에게 비난받은 얘기를 한 남자 있잖아. 난 그가 말할 때 귀가 빨개지는 걸 봤어. 몹시 부끄러워했거든. 창피해야 할 이유가 없는데도 처음엔 이를 전혀 인식하지 못하더라.

🗿 우리는 누구나 그런 상황을 잘 알아. 머리에 안개가 낀 것 같은 기분.

🐂 심각하게 자기 회의에 빠진 내담자가 올 때도 그래. 그는 심지어 자신에게 화를 내잖아. 이런 경우 넌 내담자가 다시 명확하게 생각하고 자신을 얼마나 가혹하게 다루는지 알려주기 위해 무척 애쓰지.

🗿 그게 얼마나 부적절하고 부당한지 모르고 자신을 매우 나쁘게 생각하는 사람이 많아.

야콥은 조금 전에 내가 먹은 피자가 있던 접시를 한동안 뚫어져라 쳐다봤다.

🐛 너희는 자신에 대해 너무 많이 생각해. 그 큰 머릿속에 오만 생각이 가득하지. 그래서 가장 좋고 아름다운 생각을 선택할 여지가 어마어마하게 많은지 몰라. 그런데 왜 하필 나쁜 생각을 그렇게 많이 고르지? 자기를 아프게 하는 생각 말이야.

🗿 나도 우리가 좋은 생각을 선택하지 않는 이유를 모르겠어. 자신에 대한 나쁜 생각은 때로 우리가 믿을 수밖에 없을 만큼 강력해.

🐛 전혀 옳지 않다는 걸 알면서도 그런다고?

🗿 우린 머릿속이 안개로 자욱하게 덮인 때를 잘 알아. 네가 피자를 먹을 수 없다는 걸 알면서도 피자가 사라질 때까지 눈을 떼지 않는 것과 같아.

🐛 피자는 최고로 근사한 음식이라고! 너희의 근사하지 않은 생각과 차원이 달라. 네 축 처진 뱃살과도 다르고.

🗿 뭐, 뭐라고?!

🐂 네가 때때로 거울 앞에서 애처롭거나 깜짝 놀란 표정을 짓고, 그 배가 네 배인 게 믿을 수 없다는 듯 배만 들여다보는 걸 나도 안다고.

🗿 너도 쉰이 넘어봐.

🐂 나도 그러고 싶어, 하지만 개들은….

🗿 미안해.

🐂 별말씀을.

🗿 한편으론 내 몸이 쉰 넘은 사람치고 상당히 괜찮고 만족해야 한다고 생각해. 하지만 어느 때는 명료하게 생각할 수 없고, 이제 젊은 남자처럼 보이지 않는다는 게 무척 가슴 아파.

🐂 어리석은 생각이라는 거 알지?

🗿 어리석지. 우리에겐 괜찮은 생각을 선택할 가능성이 아주 많긴 해도, 좋은 생각을 지속하기는 어려워. 안 좋은 생각을 하지 않기도 어렵고.

아홉이 머리를 끄덕끄덕하고 환하게 미소 지었다.

🐮 나한테 아주 멋진 생각이 있어!

🦎 어떤 생각?

🐮 우리가 함께 시작하는 거야. 난 네가 피자를 맘 편히 먹게 얌
전히 있는 훈련을 할게. 넌 거울을 보면서 네 몸이 멋지다고 생각
하는 훈련을 하고. 어때?

🦎 오히려 그 반대가 마음에 드는데….

🐮 어린애처럼 굴지 말라고.

불안을 다루는 법

🐮 조금 전에 숙녀가 말한 정신분사기, 그게 뭐야?

　　야콥과 나는 두 상담 일정 사이에 사무실 앞마당에서 잠시 쉬고 있었다.

😐 정신분석?

🐮 그거 같아.

😐 심리치료 방법 가운데 하나야.

🐮 대학에서 공부할 기회를 얻지 못하고, 인도에서 이민 온 개가 이해할 수 있게 설명 좀 해줄래?

😐 어떤 사람이 해결할 수 없는 커다란 사적인 문제가 있다고 상상해봐. 예를 들어 심각한 불안감 같은 거 말이야. 그럼 심리치료사와 함께 그 원인이 될 수 있는, 자신이 어릴 때 겪은 일을 찾

아내려고 시도하지.

🐕 그걸 어떻게 찾아내?

🗿 인간의 꿈에 대해 이야기하고, 유년 시절의 모든 기억을 정확하게 분석해.

🐕 그때 사람들은 침대에 같이 누워 있어?

🗿 도대체 무슨 생각을 하는 거야?

🐕 그 숙녀가 그렇게 말하지 않았어?

🗿 아 그거… 아니야, 내담자는 소파에 눕고 심리치료사는 그 곁에 앉아 있어.

🐕 나도 정신분사기 좀 받아볼까?

🗿 왜 그래야 하는데?

🐕 난 가끔 다른 개들이 무서울 때 공격적으로 변하거든. 그럴 생각이 전혀 없는데 말이야.

🗿 인간도 자신이 전혀 원하지 않는 방식으로 행동하기 때문에 치료를 받아.

🐕 그들도 다른 사람한테 으르렁대고 덤벼?

🗿 그런 일은 드물지만, 대개 불안감과 관련 있지. 너처럼.

🐕 그들이 새끼일 때 뭔가 안 좋은 경험을 해서 지금까지 불안한 거야?

🗿 그럴지도 몰라.

야콥이 잠시 킁킁거리면서 마당을 이리저리 뛰어다니다가, 어떻게 해야 좋을지 모를 때 흔히 하는 행동처럼 풀줄기 하나를 잘근잘근 씹어댔다. 그러고는 내 옆으로 와서 바닥에 눕더니 아주 작은 소리로 말했다.

🐕 나도 새끼일 때 나쁜 일을 겪었어. 내가 아주 어릴 때, 어느 날부터 엄마가 보이지 않았어. 바닷가에 사는 개들에게 이따금 벌어지는 일이야. 엄마가 어디 있는지 아무도 몰랐고, 난 모든 것을 알아서 해야 했지.

🗿 정말 힘들었겠구나.

어, 아주 많이. 다행히 그때 부모가 없는 다른 어린 개들도 있었어. 우린 두려울 때마다 서로서로 보살피고 몸을 비비며 핥아줬지. 하지만 내가 바닷가에 나타난 큰 개들에게 공격당할 때, 친구들이 날 도울 수 없었어. 그놈들은 순식간에 내 몸을 덮치더니 마구 물어뜯었지.

🗿 알아.

 그 뒤 오랫동안 난 아주 많이 아팠어. 거기는 여기처럼 내가 아프거나 다쳤을 때 치료해주는 잉카 같은 의사 선생님도 없었으니까.

🗿 네가 살아남은 건 천사가 도와준 게 틀림없어.

　　야콥이 천사를 알 리 없으나, 웬일인지 별다른 질문을 하지 않았다. 야콥은 기억에 열중했다. 야콥의 등에 있는 커다란 흉터는 끔찍한 상처의 증거다. 나는 그곳 바닷가에서 개들이 서로 잔인하게 대하는 장면을 여러 번 목격했다. 누구든 자기 생존을 걸고 싸웠다.

 내가 이해할 수 없는 건….

🗿 응?

🐾 난 그때 일을 똑똑히 기억해. 좋고 나쁜 일 모두. 그날 큰 개들에게 처참한 일을 당했기 때문에, 지금까지 나보다 몸집이 큰 개를 무서워하는 것도 잘 알아.

🙂 나라도 그럴 거야.

🐾 정신분사기 그런 걸 받고 과거 자신에게 어떤 일이 있었는지 잘 기억한다면, 지금은 불안감이 없어야 하는 거 아니야?

🙂 정신분석을 받는 사람들이 대부분 그런 기대를 하지. 유감스럽지만 불안이 어디서 오는지 이해하도록 도와주긴 해도, 불안을 없애기는 쉽지 않아. 그래도 불안을 다루는 법을 배워야 해.

🐾 어떻게 배워?

🙂 자신이 느끼는 불안이 지금 상황과 상관없다는 걸 반복해서 자각하는 거야.

🐾 내가 악몽을 꾸고 소스라치게 놀라 잠에서 깬 다음, 차츰 꿈이었음을 깨닫는 것처럼?

🙂 바로 그거야.

야콥이 고개를 끄덕거렸다.

🗣 너도 어릴 때 그런 불안감이 있었어?

😐 너나 다른 사람들처럼 끔찍한 일을 겪은 적은 없지만, 오랜 시간 불안에 떨며 지냈지. 난 무슨 일을 할 용기가 없었어. 이를테면 내 의견을 다른 사람에게 얘기한다거나, 남들 앞에서 말을 꺼낼 엄두조차 못 냈어. 혼자 인도를 여행하기로 마음먹기까지 무려 40년이 넘게 걸렸지. 젊은 시절 내내 꿈꿨으면서 말이야.

🗣 그럼 지금은?

😐 지금도 불안할 때가 많아. 우리는 결코 불안에서 자유로울 수 없어. 하지만 이제 불안이 날 심하게 억압하지 않고, 불안에 무조건 끌려다니지도 않아.

🗣 너도 정신분석기 같은 걸 받아본 적 있어?

😐 그와 비슷한 걸 받았지.

🗣 그렇군.

야콥은 여전히 흡족하지 않은 표정이었다.

🐂 내가 그걸 배울 수 있다고 생각해? 내가 여전히 커다란 개를 좀 무서워해도 몹시 긴장하면서 으르렁대지 않을 수 있을까?

🙂 물론이지. 다만 훈련이 필요하고, 그걸 간절히 원해야 해.

🐂 당연하지. 간절히 원하고말고!

🙂 커다란 개를 만나면 그대로 있어. 그런 다음 크게 심호흡을 몇 번 하고, 그건 굉장히 오래된 감정이라고 생각해. "이 개는 나한테 아무 짓도 하지 않아. 그저 나하고 놀고 싶어서 그래"라고 너 자신에게 말해도 좋아.

🐂 그게 도움이 될까?

🙂 그게 시작이야. 네 옆에 항상 내가 있다는 걸 떠올려도 좋아.

🐂 나도 소파에 누울까?

🙂 그럴 필요는 없고.

생각을 다 믿을 필요는 없다

　건설적이지 않고, 의심 많고, 자기비판적이고 비관적인 생각은 번번이 내 행복에 방해가 됐다. 무엇보다 청소년기에 나는 자신감이 없고 불안감에 휘둘리기 일쑤였다. 막 어른이 된 내가 나를 위한 '긍정적인 생각'을 발견한 뒤 열광한 건 당연했다. 내 마음을 완전히 바꾸고 밝은 사람으로 변할 수 있다니!

　나는 생각을 새롭게 설정하는 법을 설명한 책을 닥치는 대로 읽었다. 그것은 간단해 보여서 더 매력적이었다. 모든 부정적인 생각을 몰아내고 긍정적으로 받아들이는 법을 배우면 됐다. 긍정적으로 생각하고 우주에 있는 좋은 것만 주문하는 사람은 건강하고, 놀라운 삶을 영위할 수 있었다. 주차할 공간도 늘 발견했다. 기분이 나쁘거나 몸이 아프거나 삶이 순탄치 않은 사람은 긍정적으로 생각하지 않았기 때문이고, 그 책임은 자신에게 있었다.

　애석하게도 나는 얼마 지나지 않아 이 멋진 이론에 (주차할 곳을 찾지 못했다는 점을 제외하더라도) 부작용이 있다는 걸 깨달았다. 내 마음의 어두운 면을 잠시 떨쳐냈지만, 그들은 이내 전보다 강력해져서 돌아왔다. 그들은 내 운영 체계 깊숙한 곳에 단단히 닻을 내리고 있었다. 나는 더 깊은 자책과 실의에 빠졌다. 내가 이상한 게 아니라 그 방법이 뭔가 잘못됐음을 어렴풋이 깨닫기까지 이런 상태가 이어졌다.

몇 해가 흘러 심리치료사가 되고 얼마 지나지 않았을 때, 나는 인간의 마음이 간단히 바꾸기엔 너무나 복잡하다는 사실을 깨달았다. 현재의 모든 생각과 감정은 소중하고, 어떤 경우에도 의미가 있다. 나는 이것이 영혼의 건강에 영향을 미쳐서, 뇌와 마음에 신호를 보내는 모든 걸 따라다닌다고 확신했다. 그리고 부정적인 생각을 의미심장한 내적 과정의 표현으로 여겼다.

내 불안과 의심을 극복하기를 바라는 동시에, 내가 왜 생각했고 어떻게 생각했는지에 천착했다. 그리고 나에 대해 많은 것을 알았다. 이는 분명 좋은 일이지만, 부정적인 생각과 감정은 여전히 나의 내적 키를 붙잡고 어딘가로 항해 중이었다.

나는 오늘날 이것을 하인츠 에어하르트Heinz Erhardt*가 한 말과 똑같이 여긴다. "당신이 생각하는 것을 다 믿을 필요는 없어요." 우리의 회색 세포(뇌세포)는 많은 정신적인 혼란 상태를 야기한다. 또 우리의 자아는 우리가 생각하고 바라듯이 일관성 있지 않고, 변화무쌍하고 모순적인 집합체다. 그 안에서 어떤 생각과

---

* 독일의 유명한 코미디언.

감정이 우위를 차지하느냐는 우리가 이들을 얼마나 오랫동안 훈련하고 개발했느냐와 전혀 상관이 없다. 예컨대 내가 오래전부터 무력하고 나약하다고 믿었다면, 이런 믿음은 단련된 근육 같아서 기회가 생길 때마다 밀고 나가고, 내가 능동적이며 사물을 바꿀 더 현실적인 인식을 할 수 없게 고래고래 소리 지른다.

나는 영혼의 건강과 삶의 행복을 위해 머릿속에 떠다니는 파괴적이고 사기를 꺾는 생각은 중요하지 않음을 깨달았다. 이보다 중요한 질문이 있다. 나는 그들을 어떻게 다루는가? 그들에게 주도권을 넘기고 내가 생각하는 걸 다 믿을까, 아니면 대뇌를 자주 활성화해서 나와 세계를 어떻게 보는지 자신에게 물어볼까? 어떤 내적 태도가 가장 영리한 걸까?

나는 계속 자문했다. 나는 회의적인 사람으로 보이길 원하는가, 친절한 사람으로 보이고 싶은가? 나는 자신을 의심하는 경향이 있는가, 좋은 일을 할 수 있다고 믿는가? 낙관적인 자세를 택하는가, 비관적인 자세를 택하는가? 그리움을 어떻게 달래고 싶은가? 동기를 탐구하는 것으로 만족하는가? 어떻게 하면 길에서 마력馬力을 얻을 수 있는지 자문할 것인가? 새로운 하루에 대한 태도를 아침마다 좋지 않은 기분이 결정하게 두고 싶은가?

나는 우리가 이런 질문을 던지고, 가능한 한 건설적인 답변을 얻으려고 노력해야 한다고 확신한다. 나머지는 훈련의 문제다. 비록 이 훈련이 쉽지 않아도 당장 정신분사기 같은 걸 받을 필요는 없다.

———

걱정, 소망, 의심, 희망과 그리움으로 뒤섞인
우리의 내적 혼란 상태는 매우 인간적이고 정상이다.
이 혼란을 어떻게 다루고, 어떤 생각과 감정을 따르고
따르지 않는가는 우리에게 달렸다.

———

04

누구를 위한 친절일까?

친절하기 위해서는 개가 필요해?

🐮 어이, 나 좀 봐.

야, 나 좀 보라니까!

우리는 평소와 달리 이른 아침부터 지하철을 탔다. 잠에 취한 나는 야콥이 톡톡 치는 줄도 몰랐다. 나는 마침내 야콥을 향해 몸을 기울였다. 야콥의 머리는 내 양다리 사이에 있었다.

🗿 왜 그래?

🐮 내가 할 말이야! 이 사람들에게 무슨 나쁜 일이라도 생겼어? 내가 걱정해야 할 일인가?

지금쯤 독자 여러분도 아시겠지만, 야콥은 종종 드라마를 연출하기 좋아하는 버릇이 있다. 나는 이 순간 야콥이 어떤 그럴듯한 드라마를 꾸미는지 전혀 알 수 없었다.

🗿 무슨 소리야?

🐂 자, 주위를 봐! 눈에 띄는 게 전혀 없어?

내 눈에 띄는 것은 없었다. 함께 지하철을 타고 가는 사람들은 대부분 스마트폰을 들여다보고, 드물지만 책을 읽는 사람도 있었다. 나머지는 초점 없는 눈동자로 앞만 보는데, 모두 무표정했다. 당연하지 않은가. 우리는 오전 8시 함부르크 지하철에 앉아 있었다. 여기서 야콥이 짧은 치마를 입고 훌라댄스를 춘다 해도 주목할 사람은 없었다.

🐂 사람들이 외계인의 탈을 뒤집어쓴 모양이야. 봐, 여기 있는 사람들은 하나같이 움직이지도 않고 무표정해.

어젯밤에 본 미국의 삼류 공상과학영화가 야콥의 판타지를 자극한 것이 틀림없다. 나는 일단 야콥이 한 말을 무시하기로 했다. 조금 지나 창밖이 밝아지자, 야콥이 다시 입을 열었다.

🐂 와! 진짜 소름 끼친다, 그치?

🙂 야콥, 매일 아침 대부분 잠이 덜 깬 상태로 일하러 가면 삶에 의욕이 생기지 않는 건 당연해.

🐂 지하철에 발을 딛자마자 뭔가 심상치 않은 게 눈에 띄더라고. 아무도 내가 탄 줄 모르더라니까.

야콥은 내가 말리지 않으면 버스든 지하철이든 모든 승객에게 일일이 인사하고 싶어 한다. 먹을 걸 얻으려는 게 아니다. 야콥이 친절하고 사람들과 사귀기를 좋아하는 개라서 그렇다.

☞ 알았어, 외계인이란 말은 취소할게. 하지만 이게 정상이라고 봐?

👃 완전히 정상이야. 이른 아침부터 지하철을 타는 게 재미있는 행사라고 할 순 없잖아. 네가 이해하긴 힘들 거야.

☞ 아침에 최소한 미소라도 짓는다면 모든 승객에게 아주 기분 좋은 일 아닐까? 아침에 뭘 먹었고 소화는 잘 되는지 잠시 수다 떨어도 좋고.

👃 개들처럼?

☞ 맞아.

👃 네가 충격받을 수 있지만, 난 주위 사람의 식사와 소화 문제는 알고 싶지 않아.

☞ 그게 아니라 서로서로 친절하게 지내자는 말이지! 친절은 삶을 훨씬 아름답게 만들어주거든.

🗣 그렇게 생각해?

🐮 물론이야! 너희는 친절이 왜 그렇게 어렵지?

🗣 넌 내가 친절하지 않다고 보니?

🐮 당연히 넌 친절한 사람이지. 난 거의 모든 사람이 친절하다고 생각해. 서로에게 말을 거는 모습을 보면 그래. 다만 너희는 대부분 사람들이 친절하지 않다고 믿는다는 게 걱정스러워.

🗣 왜 그렇게 생각하는데?

🐮 너한테 오는 내담자는 한결같이 사람들이 자기를 친절하게 대하지 않는다고 불평하더라. 직장 동료, 가족 심지어 친구들까지. 사람들은 대부분 자기 이웃도 못 믿지?

🗣 틀린 말은 아니군.

야콥이 선 채로 나를 올려다봤다.

🐮 인도는 완전히 달라. 그곳 사람들은 여기 사람들보다 많이 웃어. 남들이 어떻게 생각하는지 모르면서 미소부터 짓지.

🗿 나도 봤어.

🐂 너희는 모르는 사람을 만나면 일단 사납게 쳐다봐. 그렇지 않으면 상대방을 못 본 듯 행동하지. 친절하게 보는 것보다 모른 척하는 편이 훨씬 맘이 편한가? 도대체 왜 그러지?

🗿 모르는 사람에게 미소 지으면 혹시라도 자신이 웃음거리가 되지 않을까 두려워서 그럴 거야.

🐂 웃음거리가 되다니?

🗿 그냥 그렇다는 말이야.

🐂 이상하군.

🗿 오스트레일리아나 태국, 인도를 여행하고 돌아오면 내 얼굴은 종종 웃음 모드로 바뀌어. 만나는 모든 사람에게 미소 지으면 어떤 사람은 날 보고 방긋 웃어. 하지만 대부분 당혹스러워하면서 부리나케 눈을 피하지. 수상쩍은 표정으로 "아무 이유 없이 친절하게 웃는 사람은 나한테 뭔가 꺼림칙한 일을 꾸미려는 거야"라고 말하는 것 같기도 해.

🐂 너무 기이해.

🗿 나도 그렇게 생각해.

🐂 내가 상냥한 얼굴로 사람들을 바라보면 대부분 날 보고
웃지?

🗿 맞아, 너와 함께 살면서 줄곧 그런 일을 겪고 있어. 네가 어
떤 사람에게 미소 지으면 그도 우리를 보고 웃어. 그럼 나도 웃고.
그러다가 몇 마디 친절한 말까지 주고받지.

🐂 얼마나 좋아, 안 그래?

🗿 물론 좋지! 그런 일을 몇 번 경험하고 나면 기분이 굉장히
좋아. 무엇보다 아침에 내가 최고 컨디션이 아니라도 그렇게 돼.

🐂 다른 인간에게 친절하기 위해서 개가 필요하다는 말이야?

🗿 나 참, 그거야말로 기이하다.

🐂 내가 너처럼 심리학자고, 사람들이 내게 와서 더 행복하게
사는 방법이 뭔지 조언을 구한다면 말이야….

야콥은 연출상 잠시 말을 멈췄다.

🐂 …더욱 친절해지라는 말부터 해주고 싶어. 다른 사람에게 친절한 말을 건네거나, 버스 정류장에서 옆에 서 있는 사람에게 미소 지으라고. 그 사람이 이상하게 생각한다면 뭐 어쩌겠어?!

🗿 나도 친절이 인간을 조금은 행복하게 만들어준다고 믿어. 다른 나라 사람들도 이를 잘 알지. 하지만 이곳 사람들은 이유 없는 친절을 꾸민 겉모습이라고 매도하는 경향이 있어.

🐂 친절한 겉모습이 뭐가 잘못이야?

🗿 그건 나도 묻고 싶어. 내가 다른 나라에 사는 기분 좋은 사람들에 관한 이야기를 하면 그들은 겉으로 친절하지 속은 전혀 그렇지 않다고, 그래서 거짓이라는 말을 들어.

🐂 그건 아주 어리석은 말이야!

🗿 대다수 사람은 가능한 한 자신을 드러내지 않을 때 안전하다고 느끼는 것 같아. 특히 자신의 연약하고 친절한 면을 보여주지 않을 때.

🐂 지하철에 탄 사람들처럼 말이지.

🗿 그럴지 몰라.

☞ 웃음거리가 되고 싶지 않아서?

😐 응.

☞ 너희는 외계인이 아니다, 너희는 남들이 자신을 웃음거리로 여기는 걸 두려워한다… 이렇게 또 하나 배웠네.

걱정하기

우리는 이렇게 아름다운 날에 곧장 출근하는 것이 억울해, 공원 풀밭에서 시간을 보내기로 했다. 내가 돗자리에 누워 책을 읽는 동안 야콥은 주위를 어슬렁거렸고, 다른 개들을 만났으며, 이때다 싶어 먹을 만한 걸 찾으러 다녔다. 나는 책에 빠져서 시간이 어떻게 지나가는 지 몰랐다. 정신 차렸을 때 야콥이 보이지 않았다.

처음에는 둘러보다가 주변을 돌아다녔고, 야콥을 부르며 나무 와 수풀 뒤를 모조리 뒤졌다. 차차 공포가 밀려들었다. 사람들이 야콥은 괜찮을 거라고 했지만, 내 걸음은 점점 빨라졌고 야콥을 부르는 소리는 점점 커졌다. 그러던 중 진달래 덤불 아래서 불쑥 야콥의 머리가 모습을 드러냈고, 야콥은 태연스럽게 나를 향해 걸어왔다.

🐂 왜 그런 눈으로 봐?

🐵 그동안 어디 있었어?

🐂 저쪽에서 토끼 냄새가 풍기는 거야. 베니랑 난 말할 것도 없이 뒤를 밟았지. 너도 같이 갈걸 그랬나?

🗿 내가 얼마나 걱정했는지 알아?

🐂 그게 널 기쁘게 했어?

🗿 뭐라고?

🐂 걱정이 뭔데?

나는 말문이 턱 막혀 야콥을 뚫어지게 쳐다봤다.

🗿 그 말 농담 아니지? 정말 걱정이 뭔지 모른다고?

야콥은 머리를 절레절레 흔들었고, 사과라도 하는 양 처진 귀를
더 늘어뜨렸다.

🗿 정말 이해할 수 없어. 네가 정신분석엔 관심이 있지만, 걱정
이 뭔지 모른다고?

🐂 어서 설명해보라고. 그렇게 복잡하진 않겠지?

나는 흥분이 가라앉을 때까지 심호흡을 여러 번 해야 했다.

🗿 걱정이란 좋은 것과 아주 거리가 먼 감정이야. 걱정은 우리

마음에 자리 잡고 있으면서 인간에게 종종 영향을 끼쳐. 너희 개들에게도 마찬가지고. 걱정하면 나쁜 일이라도 생길까 봐 두려워. 그래서 어떤 나쁜 일이 생길까 상상하고, 결과적으로 우리는 더 많이 걱정하지.

야콥이 의심스러운 눈빛으로 나를 쳐다봤다.

🐄 그러니까 방금 넌 나를 걱정한 거야?

🐶 그래.

🐄 왜?

🐶 네가 보이지 않아서 혹시 무슨 일이 생긴 건 아닌지 겁이 났어.

🐄 이 공원에서 일어날 일이 뭐가 있는데?

🐶 예를 들어 네가 길을 잃는다거나, 화들짝 놀라서 공원 밖으로 뛰쳐나가 길에서 헤매고, 또….

🐄 진짜 형편없는 길치는 바로 너라는 걸 지금 말해야 해? 내가 왜 길을 잃어? 화들짝 놀랄 일은 또 뭐야? 놀란 건 오히려 너

같은데?

🗿 난 걱정한 거야.

🐂 내가 언제 길을 헤맨 적 있어?

🗿 한 번도 없지. 하지만 난 정말 걱정했다고.

　　나는 갑자기 내가 손에 들고 있던 과자를 바닥에 내동댕이친 고집불통 어린애 같았다는 걸 깨달았다.

🗿 네가 이런 나를 이해할 수 없다고 해도 걱정을 끼친 건 결코 잘한 일이 아니야!

🐂 넌 울타리에 오줌을 갈기는 것도 잘하는 일은 아니라며 그러지 않는 게 좋다고 충고했잖아. 정말 훌륭한 조언이었어.

　　우리는 돗자리에 앉았고, 나는 조리 있고 알아듣기 쉽게 설명하려고 애썼다.

🗿 부모는 거의 매일 자식을 걱정해. 자녀를 사랑하기 때문에 행여 무슨 일이라도 생길까 불안하거든.

🐂 네 엄마처럼? 우리가 고작 며칠 하이킹을 떠날 때마다 걱정부터 하시지.

🗿 응, 엄마는 당신 아들이 걱정되니까.

🐂 그 아들은 이제 어린애도 아니고 무력하지도 않아. 걱정은 필요 없다고 엄마한테 말해보는 게 어때?

🗿 당연히 했지….

🐂 사람들이 맛있는 음식 만들기나 아름다운 시 쓰기처럼 좀 더 의미 있는 일을 할 순 없을까?

🗿 너 무척 웃긴다. 네가 인도에서 혼자 출국을 기다릴 때, 난 걱정이 돼서 미칠 거 같았어. 거기에서 너한테 온갖 나쁜 일이 벌어질 수도 있으니까.

🐂 넌 뭐가 잘못될 수 있을지 확실히 알았어? 속속들이?

🗿 거의 그런 셈이지.

🐂 그게 너나 나한테 도움이 됐어? 걱정이 너를 좀 편안하게 해줬느냐고.

🗿 전혀. 되레 불안했지.

🐂 그럼 됐어. 더 물어보지 않을래.

    야콥은 나뭇가지에 갑자기 불타는 관심이라도 생긴 양 눈동자를 위로 부지런히 움직였고, 휘파람을 불려고 무진장 애썼다. 물론 성공할 리 없지만.

🗿 어째 내 말을 건성으로 받아들인 것 같다.

🐂 휘이이이이~.

🗿 넌 걱정을 아예 안 하냐?

🐂 안 해.

🗿 너 혼자 바닷가에 남았을 때도? 먹을 게 전혀 없을 때도? 사람들이나 큰 개들이 널 괴롭힐 때는? 내가 널 반려견 호텔에 맡겼을 때는?

🐂 그땐 말도 못 하게 무서웠어. 공포에 사로잡힌 적도 많고. 그런데 왜 일이 더 나빠지지 않을까 미리 걱정해야 하지? 나한테 도움을 준 건 오히려 좋은 생각인데. 너에 대한 생각, 네가 다시 와

서 날 데려가면 어떨까 하는 생각 말이야.

🗿   인간의 뇌는 거대한 상상력을 즐기는 것 같아.

🐮 축하해! 진짜 대단해!

야콥이 킥킥거리기 시작하더니 배꼽이 빠지도록 웃고, 데굴데굴 구르기도 했으며, 급기야 작은 갈색 눈에서 눈물이 흘러나왔다. 나는 좀 언짢고 걱정됐지만, 야콥의 웃음은 전염성이 강해서 따라 웃을 수밖에 없었다. 웃음은 우리가 진정할 때까지 계속됐다.

🗿   너는 우습겠지만, 인간은 걱정하는 경향이 있다고. 다른 사람들과 개들뿐만 아니라 자기 미래와 건강을, 또 일과….

🐮 너희 진짜 웃겨, 킥킥.

야콥이 내 말을 가로막았다. 촉촉한 두 눈과 꼭 다문 입은 웃음 발작이 가까이 왔음을 알려줬다.

🗿   오늘은 널 사무실에 데려가지 않는 게 낫겠어.

🐮 왜? 누가 걱정을 가지고 너한테 오면 내가 이것저것 한몫 거들 수 있는데.

🗿 바로 그게 불안하다고!

🐕 "걱정하지 말고 하루를 즐겁게 보내세요!"

🗿 맙소사….

🐕 "저도 걱정을 나눌게요." "걱정을 왜 하세요, 크루즈 여행이나 다녀오시죠!"

🗿 나 그만 갈래.

　　내가 자리에서 일어나 그곳을 떠나자, 야콥은 혼자 낄낄거리느라 가쁜 숨을 내쉬다가 재빨리 나를 쫓아 달려왔다.
　　여러분은 반려견에게 걱정을 털어놓기 전에 잘 생각해보시기 바란다.

난 내가 좋아

🐾 난 내가 좋아.

　야콥이 뒷다리 사이에 코를 박고 킁킁거리더니 방석 위에서 기지개를 켰다. 이는 야콥이 무척 즐기는 행동이다. 나는 책을 보다가 고개를 들었다.

🐾 응?

🐾 난 정말 날 아주 좋아한다는 사실을 깨달았어.

　야콥이 뭔가에 홀린 듯 중얼중얼하더니 금세 제 몸을 핥기에 바빴다. 나는 절로 웃음이 나왔다.

🐾 뭔 일 있어?

　야콥이 하던 일을 멈추고 어리둥절한 표정으로 쳐다봤다. 마치 농담을 이해하지 못했을 때처럼.

🗿 아니야, 자신을 좋아한다고 분명히 말하는 게 좀 낯설어서. 사람들은 보통 "나는 날 좋아해"보다 "난 널 좋아해"란 말을 많이 쓰거든.

👅 너는 널 좋아하지 않아?

🗿 물론 좋아하지. 하지만 너처럼 분명히 말할 정도로 좋아하진 않는 것 같아.

야콥은 명랑하면서 냉소적인 내 말투를 어떻게 받아들여야 할지 헷갈리는 모양이었다.

👅 대체 내가 날 좋아하지 않을 이유가 뭐야? 난 아주 친절하고, 똑똑하고, 친구로도 훌륭하잖아. 난 나인 게 참 좋아. 부족한 게 없고, 나한테 진짜 좋은 냄새가 나거든!

나는 너무 크게 웃지 않으려고 얼마나 참았는지 모른다. 야콥이 나무나 기둥에 영역 표시를 하려고 할 때 무척 집중하면서 적당한 자세를 잡고, 완벽한 각도를 찾기 위해 어느 정도 시간이 걸리지만, 결국 자기 앞발에 쏘는 경우가 많다. 그래서 야콥에겐 늘 희미한 오줌 냄새가 풍긴다. 그걸 보면 야콥이 나보다 '끝내주게' 냄새를 잘 맡는 것도 아니다.

여러분이 제발 이 얘기를 야콥에게 하지 않기를.

🐗 오늘은 너랑 말을 섞지 말아야겠다!

야곱이 불쾌하다는 듯 몸을 돌리고 아랫배에 열중하기 시작했다. 그러다가 새로운 생각이라도 떠올랐는지 고개를 들고 다시 위를 쳐다봤다.

🐗 네 말이 맞아. 생각해보니 그동안 인간이 자기를 좋아한다고 말하는 걸 한 번도 들어본 적이 없어. 인간은 정말 자신을 좋아하지 않아?

🗿 그건 까다로운 질문이야. 너처럼 자신을 좋아하는 사람은 많지 않거든. 좋아한다 해도 사람들은 자기를 좋아한다고 말하지 않아. 대다수 사람은 자신에 대해 긍정적으로 말하기를 꺼려. 남들이 자신에 대해 좋은 말을 해주길 기다리지.

🐗 설마 지금 나 들으라고 인간은 천성적으로 겸손하다느니, 이런 심각한 말을 하는 건 아니지?

🗿 그럴 리가. 이건 꼭 겸손의 문제는 아니야. 오히려 그 이면엔 우리가 자신에 대해 생각하는 것보다 남들이 나를 좋지 않게 보면 어쩌나 하는 두려움이 있어. 그렇다면 우리는 아주아주 괴로울 거야! 그래서 아무 말도 하지 않거나, 남들이 칭찬해주길 바라면서 마음 깊이 차곡차곡 쌓아두지. 우리가 바라는 대로 거의 이

뤄지진 않지만.

🐂 너희는 진짜 이상하다고 내가 말했나?

🗿 응, 1000번쯤.

🐂 네가 나한테 꼭 좋은 냄새가 난다고 생각하지 않는다는 걸 나도 알아.

🗿 진짜?

　　나는 좀 부끄러웠다. 다행히 야콥은 내 위선적인 물음을 모르는 척 지나쳤다.

🐂 네가 나한테 나는 냄새를 좋아하지 않더라도 바꿀 순 없어. 우린 다 생각이 다르니까. 지금 내가 드라마 쓰는 건 아니지?

🗿 데오도란트를 뿌려도 효과가 없어서 누가 나한테 땀 냄새가 풍긴다고 말하면, 난 그렇게 침착하지 못할 거야. 기분이 최악이 겠지. 너무 부끄러워서 가능한 한 빨리 그곳을 도망치듯 빠져나 올 테고.

　　야콥은 이해할 수 없다는 표정으로 나를 쳐다봤다.

🗣️ 부끄러움이 뭔지 알아?

🐮 물론이지. 볶음라면은 정말 맛있어, 그치?

🗣️ 볶음라면이 아니라 부끄러움. 우리는 부끄러우면 처음부터 끝까지 잘못됐다고 느껴. 죄책감보다 나쁘지. 죄책감이 들면 적어도 용서를 빌고 죄를 덜 수 있잖아. 애석하게도 부끄러움은 덜 수 없거든.

🐮 그럼 넌 좋은 냄새가 나지 않는 게 부끄러워?

🗣️ 나 혼자 있을 때 불쾌한 냄새가 난다면야 뭐 상관없지. 하지만 다른 사람이 이를 알아차리고 내게 말해준다면 기분이 무척 상할 거야.

🐮 부끄러워하는 건 남들이 뭘 알아채거나 생각하는 거랑 관련 있어?

🗣️ 응, 그렇다고 봐. 우리가 생각하는 것, 다른 사람이 생각하거나 말하는 것과 관련됐다고도 볼 수 있지. 우리 모습이 그와 가까울수록 심각하고.

🐮 가깝다니?

🗿 내가 뭔가 나쁜 일을 저지르고 다른 사람에게 비난을 받으면 좋지 않아. 예를 들어 어떤 사람이 내가 쓴 책을 마음에 들지 않는다고 하거나 새로 산 신발이 내 마음에 들지 않을 때, 당장은 유쾌하지 않아도 견딜 만해. 그런데 누가 내 모습 자체를 비판하면 상황은 심각하지. 어리석다거나, 허영심이 있다거나, 저속한 취미가 있다는 말을 들으면. 못생겼다는 말은 더 나쁘고. 우린 자기 몸도 부끄러워할 때가 많아.

🐏 정말이야?

🗿 나는 인간이 걸핏하면 부끄러워하는 게 걱정스러워. 부끄러움과 부끄러움을 당할까 두려워하는 마음은 나쁜 감정이거든.

🐏 갈피를 못 잡겠네. 처음으로 돌아가서, 네가 널 아주 많이 좋아한다고 말하면….

🗿 …그러면 '상대방이 날 놀리지 않을까' '넌 좋아할 만한 가치가 없는 사람이라고 대놓고 말하지 않을까' 두려워할 거야. 정말 끔찍하지?

🐏 그럴 수 있겠네. 하지만 대체 누가 너한테 그런 비열한 말을 하겠어?

🗿 대놓고 말하진 않겠지. 하지만 '나에 대해 뭐든 생각하지 않을까?' 이런 상상만으로도 충분히 나쁜 거야. 우리가 다른 사람을 비열하다고 생각하지 않더라도, 남들이 우리를 비열한 사람이라고 볼 수 있다는 생각은 절대 틀리지 않으니까.

야콥이 진지한 눈빛으로 나를 쳐다보다가 창밖을 잠깐 내다본 뒤에 말했다.

🐂 정말 누가 너를 나쁘게 본다고 생각해?

🗿 글쎄… 그 질문이라면 아니야. 가만히 생각해보면 그럴 가능성은 희박해. 기본적으로 난 주변 사람들이 날 우러러보거나 아주 멍청하게 생각하지 않는다는 걸 알기 때문이지. 모든 사람이 날 좋아하진 않아도 그건 아니야. 나를 '좋아할 만한 가치가 없다'고 여기는 사람은 없어.

🐂 그 말을 들으니 좀 안심이 된다.

하지만 야콥의 모습은 안심과 거리가 멀었다. 내가 일반적인 사람들과 나에 대해 이야기한 것이 야콥을 혼란스럽게 만든 모양이다. 이는 어떤 사람이 우리에게 UFO가 정기적으로 자기를 찾아온다고 아주 뻔뻔스럽게 말한 것과 같은 반응이었다. 혹시 지금 야콥이 내 이성을 의심하는 건 아닐까?

야콥은 테라스 창문 쪽으로 느릿느릿 가서 다시 창밖을 내다보며 한동안 우리가 나눈 대화를 곰곰이 생각했다. 조금 뒤 야콥이 중얼거리는 소리가 들렸다.

 그래서 난 내가 좋아….

자신에게 친절하기

🐱 미안해.

🐱 쳇!

🐱 정말 미안해. 널 그렇게 세게 잡으면 안 되는데….

🐱 인정사정없었지.

🐱 네가 갑자기 뛰쳐나가서 하마터면 차에 치일 뻔했다고!

🐱 그건 바보짓이 맞아.

🐱 완전히 미친 짓이었다고!

🐱 기막히게 맛있는 생선 냄새가 나는데 너라면 가만있겠냐?

🐱 난 어떤 경우라도 앞뒤 안 보고 마구 뛰어들진 않아.

🐂 너무너무 맛있는 냄새였다고!

야콥은 입을 핥으면서 황홀한 표정으로 봤다. 자신이 무척 화났
다는 걸 잊었다가, 또다시 분노에 찬 눈으로 나를 노려봤다.

🐂 어쨌든 목덜미를 무자비하게 움켜쥘 필요는 없었잖아.

😐 맞는 말이야. 정말 너무너무 미안해. 얼마나 놀랐는지 이성
을 잃었어.

🐂 그래 좋아, 잊기로 하지.

야콥이 화해의 미소를 던졌다.

😐 아니, 잊을 수 없어. 날 용서할 수도 없고.

🐂 내가 용서한다니까.

우리가 나란히 걸어가는 동안 나는 여전히 온몸이 떨리는 걸 느
꼈다. 야콥이 느닷없이 도로 쪽으로 몸을 돌리고 공중에 코를 쭉 내밀
더니 숨을 짧게 들이마시고 내가 손쓸 겨를도 없이 뛰쳐나갔고, 자동
차 한 대가 급히 브레이크를 밟으며 경적을 울렸다. 운전자는 격노한
얼굴로 나를 쏘아보며 손가락으로 자기 이마를 톡톡 쳤다.

👤 조금만 침착했어도 널 무지막지하게 잡지 않았을 텐데.

🐂 그놈의 텐데, 텐데….

👤 조금 전까지 내가 욱하는 성질이 있다는 걸 전혀 몰랐어. 아마 유전일 거야. 예전에 아버지도 가끔 그렇게 폭발했거든. 아버지처럼 되고 싶지 않았는데.

🐂 넌 결국 검정이 있어서 그런 거라고….

👤 검정이 아니라 감정. 나도 그걸 나쁘게 생각해.

🐂 그게 앞으로 계속 남아 있다면….

야콥이 짧게 고개를 젓고 내 옆으로 지나갔다. 조금 뒤 우리는 소파에 누웠다. 책을 읽으려고 했지만, 분노가 내 곁을 떠나지 않았다.

👤 얼마 전에 웬 개가 너한테 달려들어서 내가 그 개의 사람을 호되게 꾸짖은 거 기억해?

🐂 암, 기억하고말고. 난폭한 새끼!

🗣 그 사람 말이야?

🐕 당연히 개지!

🗣 그 사람이 자기 개를 제재하는 어떤 행동도 하지 않아서 무척 화가 났어.

🐕 네가 얼마나 큰소리로 호통을 치던지.

아콥이 씩 웃었다.

🗣 그가 사과했는데도 과민 반응을 보인 건 사실이야. 아무 말도 듣고 싶지 않더라고.

🐕 그보다 화내기를 원했지?

🗣 그건 원하는 것과 전혀 상관없는 일이야. 지금도 내 행동이 부끄러워 죽겠어.

🐕 우리가 그 둘을 다시 만났을 때, 네가 그 개의 사람한테 미안하다고 했잖아.

🗣 내가 종종 자제력을 잃는 점 때문에 얼마나 자책하는지 몰

라. 특히 너한테.

🐾 조금 전에는 내 행동도 옳지 않았어.

　　아홉이 머리를 내 팔 아래로 넣으면서 우리 이야기를 끝난 것으로 여겼다.

🐾 하지만.

🐾 흠….

🐾 내 이런 면이 전혀 마음에 들지 않아.

🐾 에헤….

🐾 정말 아버지처럼 되고 싶지 않았는데.

🐾 이제 그만해!

　　아홉이 머리를 빼더니 몸을 꼿꼿이 세워 내 앞에 앉았다.

🐾 너 자신을 계속 비난하는 게 너나 나한테 조금이라도 도움이 된다고 생각해?

🗣 적절하지 않은 행동을 했잖아!

🐮 그건 맞아. 너는 이번 생에 그런 행동을 십중팔구 한두 번은 더 할걸?

🗣 넌 그게 아무렇지도 않아?

🐮 어, 아무렇지 않아. 나도 가끔 적절치 않은 행동을 할 때가 있는데 뭐.

🗣 가끔?

🐮 그런 다음 사과하고….

🗣 가끔이라….

🐮 …그럼 그 일은 지나간 일이 돼. 내가 계속 비난한다고 무슨 의미가 있어?

🗣 글쎄, 뭐.

🐮 물론 네가 때론 욱하고, 터무니없이 화를 내기도 하지.

🗿 그걸 나쁘게 받아들이지 말아야 할까?

🐐 암, 그래선 안 돼! 오히려 자신에게 더 친절해야 해.

🗿 난 나한테 충분히 친절한가?

🐐 네가 실수를 저지르고, 어떤 사람을 무뚝뚝하게 대할 때를 제외하면 그렇다고 봐야지. 그것만 아니면 너도 자신을 진심으로 용서할 수 있을 거야.

🗿 정말?

🐐 내가 어쩌다 무례한 행동을 하면 너도 날 용서해주잖아. 친구들이 네게 예의 없이 굴다가 사과할 때도.

🗿 맞아, 나를 용서하는 것보다 확실히 쉬워.

🐐 어째서?

🗿 나도 몰라.

🐐 어떤 사람들은 항상 남에게 무례한데도 자신을 아주 괜찮은 사람이라고 생각해. 어떤 사람들은 완전히 반대고.

🗿 난 후자 같아.

🐮 언제나 모든 걸 끔찍이 미안해하는 모니카처럼. 자기가 나쁜 일을 저지르지 않았는데 말이야. 아무 일도 안 했는데 양심의 가책을 느낀다는 말을 달고 사는 할머니도 그렇고.

🗿 우린 그저 인간일 뿐이야.

🐮 최근에 다녀간 아가씨를 보라고. 몇 달 전에 시험을 망쳤다고, 어쩌면 그렇게 형편없이 떨어질 수 있냐면서 여전히 자신을 괴롭히잖아.

🗿 그 내담자는 어떤 경우라도 실수하면 안 된다고 생각하기 때문이야.

🐮 정말이야? 인간은 정말 어떤 실수도 하면 안 돼?

🗿 그렇게 물어본다면야, 당연히 우리 모두에게 실수는 허용돼! 우리가 이 흥미진진한 인생을 어떻게 아무 위험 없이, 아무 잘못도 저지르지 않고 살 수 있겠어?

🐮 내 말이.

야콥이 앞발로 내 코를 툭툭 치면서 허죽거렸다.

🐾 이 모든 '내 탓과 불쾌한 소동'이 없다면 어떻게 될까?

🐶 그럼 네가 오늘처럼 위험한 일을 했을 때, 다시 널 잡고 흔들고 욕해도 돼?

🐾 절대 안 되지! 하지만 그래도 난 널 용서할 거야.

🐶 나도 나한테 더 친절해지도록 노력할게.

🐾 똑똑해!

야콥이 칭찬하는 의미로 내 코를 한 번 더 툭 치고, 다시 내 품에 안겼다.

남의 마음에 신경 끄기

햇살이 눈부신 날이었다. 기분이 더할 나위 없이 좋았고, 이생이 살 만한 가치가 있다고 생각했다. 내가 사랑하는 개와 푸른 하늘 아래 산책할 수 있다니 얼마나 멋진가! 우리는 마음씨 좋은 지인 세명과 그들의 착한 개들과 마주쳤다. 나는 손을 흔들며 인사했고 담소를 나눌 생각에 기뻤다.

그들이 있는 곳에 다다랐을 때, 야콥이 다른 개들을 향해 짧고 격렬하게 짖어댔다. 이는 마치 '너희는 다 쓰레기야!'라는 의미로 들렸다. 야콥은 반사적으로 물러선 개들과 사람들의 당황한 시선에도 아랑곳하지 않고 당연하다는 듯이 가던 길을 계속 갔다. 나는 난처해서 말을 더듬거리며 사과했다.

🗿 대체 무슨 일이야?

내가 야콥을 뒤쫓아 오자마자 물었다.

🐾 저 개들 꼴도 보기 싫어.

🗿 그래서 쌀쌀맞게 굴었어?

🐂 보시다시피.

🗿 그 개 세 마리는 아주 착하잖아?

🐂 그럭저럭. 근데 오늘은 아니야.

🗿 꼭 그렇게 티를 내야 했어?

🐂 당연하지.

더 현명한 말이 떠오르지 않아서 나는 조용히 걸었다. 기분이 눈에 띄게 어두워졌고, 버릇없는 야콥에 대한 분노는 희미해졌다. 나는 적어도 서류상으로 양육권이 있는 사람으로서 이 일을 그냥 넘어갈 수 없었다. 조금 뒤 우리가 잠시 쉬고 있을 때, 야콥의 행동에 대해 조심스럽게 말을 꺼냈다.

🗿 앞으로 그 셋은 네 팬이 아닐까 봐 걱정이다.

🐂 내 생각도 그래.

🗿 상관없어?

🐂 아무래도 상관없어.

🐕 같은 개한테 함부로 짖어도 괜찮다고 생각해?

🐂 아무 개도 물지 않았잖아.

🐕 안 짖으면 더 좋았잖아!

🐂 정말 그렇게 생각해? 난 물지 않는다고!

🐕 예의 바른 개라고 할 수도 없어.

🐂 맞아, 최고로 예의 바른 개는 단연 베니지. 왜 그 래브라도레트리버 있잖아. 베니는 정말 사랑스럽고 예의 발라. 그리고 좀 멍청하지.

🐕 넌 사랑스럽고 예의 바르고 싶지 않아?

🐂 내가 왜 그래야 하는데?

🐕 우리가 서로 예의를 지키고 점잖게 행동하면 사는 데 좀 더 편하지 않을까?

🐂 넌 베니가 말할 수 없이 행복한 개라고 봐? 그놈은 너무 착해서 위궤양에 걸렸다고. 베니는 좌절감으로 가끔 욕지기가 난대! 하지만 용기가 없지. 아까 말했듯이 좀 멍청해.

대화가 기대와 다른 방향으로 흘러갔다. 야콥은 얼마 전에 친절의 장점에 대해 설교하지 않았는가. 나는 다른 방법을 시도했다.

🐱 난 누구를 좋아하지 않으면 그(혹은 그녀)를 가까이하지 않아. 하지만 내가 친절한 사람이라는 사실은 변하지 않지. 꼭 그래야 할 경우엔 내가 싫어하는 사람이라도 상냥하게 대할 수 있어.

🐂 그래서 거의 모든 사람이 널 친절하다고 생각해?

🐱 그러기 바라지.

🐂 대단해, 우리 착한 톰!

🐱 사람들이 날 친절하다고 여기는 게 나빠?

🐂 나쁠 건 없어. 친절은 정말 훌륭하고 기분 좋게 만들지. 얼마 전에 내가 말했잖아. 난 너처럼 끊임없이 사람들 마음에 들려고 하는 걸 중요하게 생각하지 않을 뿐이야.

🐮 그건….

🐮 솔직해지자고. 너희는 인정하지 않겠지만, 가능한 한 모든 사람에게 사랑받고 싶어 해. 이웃과 동료, 사장, 가족은 물론 슈퍼 마켓 계산대 직원한테도 사랑받고 싶어 하지.

🐮 좋은 지적이야.

🐮 맙소사! 아무도 너희를 나쁘거나, 불손하거나, 불친절하거나, 공격적이라고 생각하지 않는다고.

🐮 난 정말 그렇게 보이기 싫어.

🐮 너흰 그러려고 무슨 짓이든 하지! 말하고 싶지 않은 사람과 말하고, 형편없다고 여기는 사람을 상냥하게 대해. 다른 사람에게 반감을 살까 봐 자신이 생각한 대로 말도 못 하고. 계속해?

🐮 그만해.

야콥은 물러서지 않았다.

🐮 그러는 대신 너희는 종종 다른 사람들에 대해 나쁘게 생각하지. 등 뒤에서 아무렇지 않게 나쁜 말을 하고. 부득이한 경우 미

소 지으며 친절한 말을 건네는 동시에, '넌 형편없는 놈이야!' 이런 눈빛으로 넌지시 암시하는 선수들이야.

🗿 우린 그렇게 해서 갈등을 피하고 평화롭게 지낼 수 있어.

🐂 정말 끝내준다. 축하해!

🗿 모든 사람이 자기가 느끼고 생각하는 대로 말하면 인간관계가 어떻게 될까?

🐂 글쎄… 아무튼 지금 그 세 얼간이는 내가 자기들을 어떻게 생각하는지 알 거야. 앞으로 날 피하겠지. 그래도 상관없어. 관계가 깨끗이 정리된 셈이니까. 네가 몇몇 사람에게 좀 더 정직해진다면 네 인생도 홀가분해지지 않을까?

🗿 무슨 말을 하는지 모르겠다.

물론 거짓말이다.

🐂 롤프 있잖아, 네 오래된 동창. 너희는 몇 년 동안 서로 별말을 안 하지. 넌 규칙적으로 롤프와 만나지만 그럴 마음이 전혀 없어.
  페트라는 어떻고. 그녀는 너희가 얼마 전에 즐거운 시간을 보냈다고 생각해서 너한테 문자메시지를 보냈어. 그날 넌 씩씩거리며 집에 왔지. 페트라에게 말했어? 그럴 리가.

또 넌 이웃 베른트에게 아주 친절해. 그러나 그와 따로 약속하지 않으려고 끝없이 새로운 변명거리를 만들지. 그 사람이 지루해서 죽을 지경이거든. 계속할까?

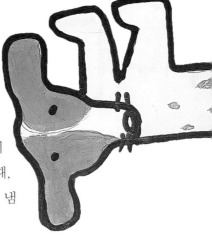

제발 그만해!

그러지.

고맙다.

우리 개들끼리 거칠게 달려들면 사람들은 대부분 소스라치게 놀라. 누가 우리의 경계를 존중하지 않아서 으르렁거리거나 덥석 물 때, 누가 대장인지 가려야 할 때, 누군지 냄새를 맡으려고 해도 그래.

우린 대부분 공격적으로 보이는 걸 불쾌하게 여기거나 심지어 위험하다고 받아들이거든.

사람들은 개들끼리 무는 일은 드물다는 걸 이해하지 못해. 사람들은 자기가 사랑하는 평화를 위해 뭐든 다 하지만, 돌아서

선 거침없이 물어뜯지. 너 자신에게 물어봐, 과연 어느 종이 더 공격적인가.

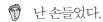 난 손들었다.

그 순간 요크셔테리어가 우리 곁을 지나가다가 야콥에게 앙칼지게 짖으며 달려들었다(아주 작은 추바카*가 바로 애다). 야콥은 짧고 굵은 으르릉 소리 하나로 녀석을 꼼짝 못 하게 만들었고, 신이 나서 날 보고 씩 웃더니 말했다.

이러면 위궤양은 사라질걸!

---

* 추바카는 〈스타워즈〉의 등장인물 중 하나로, 온몸이 털로 뒤덮였다.

내려놓기

🗿 그냥 놔버려!

🐂 크으으릉….

🗿 버리지 않으면 절대 울타리를 지나갈 수 없다고.

우리는 들판을 가로질러 도보 여행을 하는 중이었다. 야콥은 기다랗고 멋진 막대를 주워서 자랑스럽게 물고 다녔다. 우리는 때로 울타리를 지나가야 했다. 내가 울타리를 넘어가는 동안 야콥은 구멍을 찾았다. 그는 날씬한 몸으로 쉽게 빠져나올 수 있지만, 막대를 물고는 불가능했다. 누가 봐도 막대 내려놓기는 야콥에게 선택 사항이 아니었다. 야콥은 있는 힘을 다해 끌어당겼고, 이리저리 각도를 바꿔가며 온갖 시도를 했지만 헛수고였다.

🗿 오늘 안에 집에 가려면 막대랑 헤어지는 편이 나을걸.

내가 웃으며 소리쳤다. 하지만 야콥은 계속 끌어당겼고, 잠시 으르렁대더니 결국은 막대를 놔버리고 나를 향해 터벅터벅 걸어왔다.

🐂 제발 부탁인데, 막대 좀 가져다줄래?

🐵 알았어.

나는 다시 울타리를 넘어가 막대를 가져와서 야콥에게 건넸다.

🐂 멋진 인간 같으니!

🐵 왜 바로 도와달라고 하지 않았어?

🐂 어쩌면 내려놓는 게 쉽지 않아서.

🐵 오! 좋은 답변이야. 나도 가끔 울타리 구멍으로 막대를 빼려고 애쓰는 것 같은 짓을 할 때가 있어.

야콥의 호기심이 깨어났다. 야콥이라면 그 순간 내가 막대를 문 채 구멍에 걸려서 우악스럽게 잡아당기는 모습을 상상하고도 남았다.

🐵 난 뭔가를 놓지 않으려고 애쓰는 걸 상징적으로 말한 거야. 이를테면 누가 내게 부당한 일을 저질러서 화가 많이 났다고 생

각해봐. 그러면 네가 막대를 계속 물고 있듯이 난 가끔 원한에 사로잡혀 있어.

🐄 네가 보기에 내가 고상하게 행동하지 않아서 가끔 네가 성질부리는 것처럼?

🙂 맞아. 얼마 전에 베른트와 사비네가 올 시간이 됐는데, 네가 종이를 있는 대로 갈기갈기 찢어서 거실에 늘어놨을 때 그랬지.

🐄 그깟 종이가 뭐라고.

🙂 아무튼 너한테 화가 머리끝까지 치밀었다고.

🐄 온종일 그랬어. 네가 고상하다고 할 순 없었지.

🙂 때때로 분노에 사로잡히면 좀처럼 놔버릴 수가 없어. 그게 얼마나 유치한지 알면서.

🐄 인간은 그런 일을 완전 즐기지 않나?

🙂 꼭 그렇진 않아. 하지만 제 버릇 개 못 줄 때가 있지.

야콥이 깜짝 놀란 눈으로 날 쳐다봤다.

🗿 걱정 마, 이건 그냥 관용어야. 정말 원하지 않지만 피할 수 없다는 뜻으로 쓰지.

🐮 어째서 피할 수 없는데?

🗿 가끔 우리 머릿속이 딱딱하게 굳어서 다른 가능성을 못 보기 때문이 아닐까? 너하고 막대처럼.

🐮 내가 막대를 끌어당긴 건 고작 몇 분이야. 가망이 없다는 걸 바로 깨달았지. 너희는 더 오래 끌고 있잖아, 안 그래?

🗿 원한을 몇 달 이상 품고 있는 사람도 있지.

🐮 몇 분이면 재미라도 있지, 대체 인간은 왜 그래?

　　우리는 느린 걸음으로 들판을 기분 좋게 거닐었고, 그사이 야콥은 막대를 연거푸 위로 던지면서 입으로 잡으려고 애썼다. 물론 모두 허사였다.

🗿 어쩌면 그건 옳음과 관계있어. 원한을 품고서 내가 옳다고 확신하는 거지. 예를 들어 누가 내게 정당하지 못한 행동을 했기 때문이라고 보는 거야. 조금이나마 앙심을 품는 경향이 있는 사람은 어떤 경우에도 원한을 멈추려고 하지 않아. 다른 사람이 자

기 잘못을 깨달아야 한다고 생각하니까.

🐗 다른 사람이 원치 않으면?

🐷 그땐 빠져나갈 방법이 없지. 조금 전 너처럼 울타리 구멍에 계속 있을 수밖에.

🐗 다른 점이 있지. 난 지성 있고 똑똑한 개로서 그 딜레마를 이미 알았다고.

아콥이 기대에 찬 눈빛으로 나를 올려다봤다.

🐷 앙심을 품고 계속 원망하면 이롭지 않은 결과가 나온다는 걸 나도 알아.

🐗 옳음은 만족스럽게 해주지 못하잖아.

🐷 응, 전혀.

🐗 그래도 너희에게 중요해?

🐷 가끔 어른도 상당히 유치해질 때가 있어.

🐦 당신도 그러신가, 심리치료사 선생?

😐 음…. 어른도 원한을 품으면 놀이터에서 노는 애들처럼 굴 때가 있지. "네가 못된 짓을 해서 난 지금 삐쳤어" "내 거 줬으니까 너도 네 거 내놔. 그러지 않으면 이제 너랑 안 놀아" "기분이 나쁜 건 다 너 때문이야. 그러니까 네가 사과하기 전에 난 아무것도 하지 않을 거야" 등등 똑같아.

🐦 누가 못된 짓을 했을 때 아이처럼 대응하면 애나 어른이나 똑같잖아?

😐 애처럼 굴 때도 있지만, 어른으로서 너그럽게 대응할 때가 많아. 어쨌든 나도 다른 사람한테 못되게 굴 때가 있으니까.

🐦 맞는 말이야!

😐 원한을 품는 게 어리석은 까닭은 그 때문에 자신도 정말 괴롭다는 거야.

내가 한 친구와 싸운 일이 문득 스치고 지나갔다. 나는 친구에게 단단히 화가 났고(왜 그랬는지 지금은 도통 기억나지 않는다), 그가 전화를 걸어도 받지 않았다. 그러면서도 내심 친구가 사과해주기를 고집스럽게 바라고, 그의 입장을 받아들이지 않았다. 언젠가 내가 아주 유치했음을 시인할 수밖에 없었다.

🗿 원한을 품는 건 우리를 무력하게 만든다는 점에서 아주 나빠. 우리는 다른 사람에게 특정한 반응을 요구하지. 그 반응이 오지 않으면 원한을 품고 기다리는 수밖에 없어.

🐂 아니면 나처럼 막대를 내려놓거나?

🗿 맞아, 난 오래전부터 좀 더 너그러워지는 법을 배우려고 노력 중이야. 쉬운 일은 아니지만⋯.

🐂 얼마 전 TV에서 나이 든 사람이 그런 말을 했어. 왜 언제나 빨간 옷을 입고 촌스러운 안경을 쓴 남자 있잖아.

🗿 달라이 라마?

🐂 맞아. 그가 우린 늘, 모든 존재가 행복해지기 위해 노력한다는 걸 기억해야 한다고 했어.

🗿 비록 사랑스러운 이웃의 행복 전략을 도무지 이해할 수 없더라도 말이지⋯.

🐂 이상한 일을 벌이는 사람이 많지.

🗿 그들은 자신이 오직 행복해지기를 바란다는 걸 몰라.

🐮 바로 그 점이 너희 같은 이상한 존재에게 호감이 가게 한다고 보는데!

🗿 내가 다시 원망하고 어떤 사람에게 원한을 품는다면, 그는 행복해지려고 애쓴 것뿐이라는 말을 떠올려야겠어.

🐮 바로 그거야! 어떤 개가 종이를 갈기갈기 찢고 놀며 좀 즐거워했을 때도 그래.

🗿 정원을 파헤쳤을 때도?

🐮 그건 약간의 행복 찾기라고 해두지.

친절을 위한 변론

　얼마 전 분식집에서 벌어진 일이다. 나는 저녁에 먹을 음식
이나 포장해서 빨리 집으로 가려고 했다. 가게엔 두 남자가 기다
리고 있었고, 내가 온 뒤에도 손님이 끊이지 않아 금세 꽉 찼다.
기다리던 손님 중에 언뜻 보기에도 미국인임이 분명한 사람이 있
었다. 가게에 들어섰을 때 그는 내게 인사를 건넸고, 앞에 있는 사
람에게 뭘 주문할 거냐고 물으면서 자기는 며칠 전 여기서 먹은
음식을 굉장히 좋아한다고 했다.
　나는 그 개방적이고 친절한 사람에게 인도에서 온 야콥 이
야기까지 지껄였다. 그는 다른 사람들도 대화에 끌어들이기 위해
계속 시도했는데, 사람들은 불쾌한 기색이 역력했다. 그들은 묻
는 말에 뚱하게 대답했고, 내키지 않아도 메뉴판을 들여다보는
게 오히려 나은 듯했다.
　집으로 가는 길에 이 장면이 떠올라 웃음이 나왔다. 사람들
이 가벼운 대화를 원치 않는 것은 틀림없다. 모르는 사람이 가벼

운 대화를 청하면 그토록 불편할까? 전형적인 함부르크 사람이라서? 아니 전형적인 독일 사람이기 때문에?

몇 년 전 오스트레일리아를 여행한 때가 생각났다. 그곳에 한 번이라도 다녀온 사람이라면 잘 알 것이다. 오스트레일리아 사람은 우리 중부 유럽 사람보다 눈에 띄게 친절하다. 예를 들면 버스 기사가 승객에게 반가이 인사를 건네고, 승객도 기사에게 감사 인사를 전한다. 누가 잠시라도 길을 헤매는 것처럼 보이면 관광객으로 여기고 주저 없이 도움의 손길을 내민다. 그곳 사람들은 대체로 많이 웃고, 생면부지 사람과 대화할 기회가 생겨도 전혀 이상하게 생각하지 않는다. 그곳에서 며칠 지내자 나는 바로 적응했고, 친절이 얼마나 좋은지 새삼 깨달았다. 하지만 슬프게도 함부르크로 돌아와서는 금세 잊어버렸다.

야콥이 오기 전에 누가 내게 말하기를, 개가 있으면 사람을 전처럼 많이 사귀지 못할 거라고 했다. 나는 목줄을 맨 야콥과 내가 다른 인간-개 커플이 건네는 인사와 미소, 친절한 말을 얼마나 많이 보고 듣는지 놀랐다. 가벼운 대화는 개를 데리고 산책할 때마다 거의 일어나는 일이었다. 나는 수많은 만남이 근본적인 정서에 긍정적인 효과를 미친다는 걸 금방 알아차렸다. 비아침형 인간인 나는 아침에 정신이 정상적으로 작동하기까지 보통 몇 시간이 걸린다. 하지만 우리가 아침 산책을 하고 나서 하루를 기분 좋게 시작하는 날이 많다.

우리가 서로 친절하게 지내자는 게 아니다. 우리는 대부분 동료와 커피를 마시며 나누는 잡담을 소중히 여기고, 당연히 친구와 가족에게 친절하다. 가벼운 대화나 미소가 친한 사람에겐 어색하지 않다. 하지만 '다른 사람' 앞에선 피하지 않는가? 여러분은 언제 마지막으로 버스 정류장이나 카페에서 모르는 사람에게 말을 걸어봤는가? 여러분은 지하철에서 빈자리에 앉을 때 옆 사람에게 미소 짓는가?

왜 그런 수고를 해야 하느냐고 이의를 제기할 수 있다. 친한 사람에게 친절한 것으로 부족하냐고 물을 수도 있다. 대답은 간단하다. 친절이 우리에게 이롭고, 우리를 더 행복하게 만들어주기 때문이다. 믿지 못하겠다고? 나는 이 주제에 관해 학문적으로 연구한 사례가 얼마나 많은지 보고 무척 놀랐다.

미국 조지아주에 있는 에모리대학교의 연구 결과에 따르면, 다른 사람을 향한 친절은 누가 우리에게 호의를 베푼 것과 똑같이 뇌에서 쾌락과 보상을 담당하는 부위를 자극했다. 친절한 태도는 사회적 행동을 촉진하고, 스트레스를 줄이는 호르몬 옥시토신의 수치를 눈에 띄게 늘린다. 마찬가지로 '행복 호르몬' 엔도르핀과 기분을 좋게 만드는 세로토닌도 많이 분비된다. 실제로 친절은 우울증에 아주 효과적인 약이다.

캐나다 브리티시컬럼비아대학교에서 진행한 실험을 보면, 불안감을 겪는 참가자들은 한 달간 의식적으로 일주일에 여섯 가지 친절한 행동을 하라는 과제를 받았다. 4주 뒤 실험 참가자들은 이전보다 기분이 한결 나아졌고, 인간관계에 만족했으며, 불안감도 현저히 줄었다. 결론적으로 남을 위해 좋은 일을 하는 사람들은 두드러지게 고통을 덜 받았고, 심장이 건강했으며, 기대 수명도 훨씬 길었다. 말하자면 친절은 인간이 행복하고 건강하게 살기 위해 할 수 있는 가장 이성적인 행동이다!

하지만 우리가 하루아침에 친절한 사람으로 변할 수 있을까? 나는 우리가 친절을 배울 수 있다고 확신한다. 어떤 사람이 계단에서 유모차를 들고 올라가는 사람을 도와주는 모습을 보면 기분이 좋아진다. 타지에서 방문한 사람에게 길을 알려주거나, 길에서 연주하는 버스커에게 돈을 주는 건 어떤가? 우리는 의식적으로 주변과 관계를 맺으며 좋은 감정을 북돋울 수 있다. 당장 자원봉사자로 지원하라는 게 아니다. 미소와 칭찬, 친절한 행위가 멋진 시작이다.

나는 애견인끼리 자연스럽게 미소 짓고 말을 걸어도 어색하지 않은 상황에 익숙해진 뒤, 가끔 개가 없을 때 시도해봤다. 무슨 일이 벌어졌는지 아는가? 놀랍게도 많은 사람이 똑같이 미소 짓거나 가벼운 대화를 흔쾌히 받아들였다. 낯선 이에게 무뚝뚝한 사람이 많은 함부르크에서 말이다. 그사이 나는 자주 가는 꽃집 점원과 안부를 주고받는 사이가 됐다. 가끔 버스 기사에게 인사하고 고맙다는 말을 전하기도 한다. 이런 사소한 일이 기분 좋게 만들어준다!

인생의 커다란 행복은 더 중요한 물음에
달렸는지 모른다. 하지만 우리는 대체로 삶을
좀 더 아름답게 만들어줄 수 있는 작은 것을 하찮게 여긴다.
친절, 미소, 가벼운 대화가 여기에 속한다.

05

다름에도 불구하고 행복하다?
달라서 행복하다?

믿음

야콥과 나는 부둥켜안고 소파에 앉아 TV 모니터로 인도에서 찍은 사진을 보고 있었다. 우리가 바닷가에서 처음 만난 때부터 야콥이 함부르크로 오기까지 긴 여정이 담긴 사진이다. 몇몇 장면은 야콥이 개 친구들과 바닷가를 신나게 뛰어다니는 모습을 보여줬다. 다른 화면에 야콥이 모래톱에서 내 옆에 앉은 사진, 내 무릎에 앉거나 바닷가 레스토랑 식탁 아래 있는 모습이 떠올랐다. 야콥이 내 무릎에 앉고 내가 행복한 표정으로 카메라를 응시하는 사진은 어떤 사람이 찍어준 거다.

그다음에 완전히 다른 장면이 잇따라 화면에 나타났다. 목줄을 맨 야콥이 함석지붕 밑 자갈 바닥에 쪼그리고 앉아 있는 장면이 나오는가 싶더니, 울타리 친 땅을 가로지르며 뛰어다니거나 내려오는 모습이 보였다. 어느 곳에도 열대지방의 푸르름은 찾을 수 없었다. 야콥은 매우 불안정한 모습이고, 전혀 행복해 보이지 않았다.

 너한테 무척 힘든 시간이었을 거야.

으응, 네가 왔을 때는 너와 함께 있어서 그런대로 견딜 만했어. 네가 떠났을 땐… 그다음 오래, 아주 오랫동안 오지 않았을 땐… 정말 힘들었어. 다른 방도가 없다는 건 알았지만.

그 기억이 지금도 야콥의 영혼을 괴롭히는 걸 엿볼 수 있었다.

🐄 그곳은 감옥이나 마찬가지였어. 난 많은 시간을 녹슨 쇠막대로 된 창이 하나 딸린 작은 방에서 지냈지. 다른 방에서 개들이 울부짖는 소리가 멈추지 않았어. 우리는 하루에 한 번씩 울타리 쳐진 곳에서 놀 수 있었지. 개들은 대부분 오만하고, 나를 막 대했어. 친구가 하나 있었는데, 그 개의 사람이 금방 데려갔고.

😶 그곳에 널 혼자 놔둘 수밖에 없던 상황이 지금도 얼마나 가슴 아픈지 몰라. 나도 네 옆에 있고 싶었지만, 집에 가서 일해야 했으니까. 널 그곳에 둔 기간이 몹시 힘들었어. 네가 어떻게 지내는지 알 수가 없었거든. 관리인들이 약속과 달리 네 소식을 전해주지 않았어.

그때 야콥이 택시 뒷좌석에 앉은 사진이 화면에 나타났다. 야콥은 매우 초췌했고, 겁먹은 표정으로 불안에 떨고 있었다. 그날 우리는 바닷가에서 처음 만났고, 야콥은 내게 관심을 보이더니 나를 전적으로 믿고 따랐다. 그는 불쑥 내 인생에 나타났고, 몇 시간 뒤엔 함께 자동차에 앉아 있었다.

🗣 저 끔찍한 택시 생각나?

🐕 그 지독한 냄새, 차는 왜 그렇게 흔들리는지! 난 정말 용감하고 착한 개라는 걸 보여주고 싶었다고. 하지만 속이 울렁거려서 뒷좌석이며 네 다리에 토할 수밖에 없었어. 그때 얼마나 창피했는지 몰라….

🗣 우리가 처음 만난 그날, 널 동물 병원 그 코딱지만 한 우리에 두고 오는데 무척 힘들었어. 그 일로 네가 날 용서하지 않을까 봐 겁이 났지.

수의사는 야콥이 빈혈이 있어서 예방접종을 할 수 없다고 했다. 야콥은 병원에서 하룻밤을 보내야 했다. 나는 혼자 호텔로 돌아가는 길에 무척 겁이 났다. 야콥은 몇 시간 전만 해도 자기가 살던 바닷가에 있었다. 병원에 간 순간, 그는 병든 동물들과 함께 낯설고 악취가 날 게 뻔한 우리에 갇혔다. 내가 얼마나 두려움에 떨었던가! 지금도 야콥은 그때 이야기하기를 몹시 꺼린다.

🗣 당시에 무슨 생각을 했어? 내가 널 바닷가에서 납치해(!) 그 살벌한 곳으로 데려갔을 때 말이야. 내가 너라면 배신감이 들었을 것 같아.

🐕 그건 아니야! 난 널 믿었거든.

🗣 우리가 만난 지 얼마 되지도 않았는데?

🐂 처음 만났을 때 네가 내 사람이라는 걸 알아봤지. 개는 자기 사람을 만나면 의심하지 않아. 그를 믿는 게 어렵지 않지. 넌 나한 테 정말 한결같이 다정했어. 내가 어떻게 감히, 이 인간이 나한테 나쁜 짓을 할지 모른다고 생각할 수 있었겠어?

야콥은 아무 말 없이 화면을 뚫어지게 쳐다봤다.

🐂 널 만날 때마다, 나와 함께 있으면서 좋아하는 네 모습을 볼 때마다 얼마나 행복했는지 몰라. 인간들과 늘 좋은 경험을 한 건 아니지만, 난 널 보자마자 믿었어. 나한테 벌어진 일과, 네가 왜 갑자기 그곳에서 사라졌는지 이해하지 못했을 뿐이야. 네가 돌아 왔을 땐 전혀 놀라지 않았어. 기쁘기만 했지!

내가 인도를 떠난 뒤 야콥을 다시 만나러 가기까지 두 달이 걸 렸다. 이 만남은 내 50번째 생일 선물이었다. 야콥과 함께 시간을 보 내는 것이 가장 큰 소원이었기 때문이다. 야콥이 잘 지내는지도 보고 싶었다. 그가 최종적으로 내게 오기까지 6주가 더 필요했지만 말이다. 야콥이 나를 못 알아보거나, 그새 나보다 관리인들을 따르지 않을까 조마조마했다.

🐂 정말 내가 널 기억하지 못할 거라고 생각했어? 그새 내가 다

른 사람을 더 믿을 거라고? 어떻게 그런 생각을 할 수 있담!

🗿 그런 생각을 하는 건 인간에게 매우 흔한 일이야.

🐘 난 널 믿었잖아. 어떻게 의심할 수 있지?

🗿 내가 그저 인간이기 때문에?

🐘 언젠가 네가 날 데려가고 우리가 함께 지낼 거란 사실을 난 한 번도 의심하지 않았어. 정말 그렇게 됐고.

🗿 네 믿음이 부럽다.

🐘 인간도 믿을 수 있잖아?

🗿 맞아. 하지만 그 믿음이 틀리지 않았다는 걸 확신하려면 우린 끊임없이 증거와 확인이 필요해.

　　내가 우스꽝스러운 말을 꺼내기라도 한 듯, 야콥이 나를 보고 웃더니 말했다.

🐘 믿음은 증거가 필요하지 않다는 뜻이야!

🗣 인간에게 믿는다는 건 상당히 어려운 일이야. 수많은 고약한 의심과 싸우는 일이기도 하지. 난 여전히 그걸 배우고 있어. 전혀 배우지 못하는 사람도 많고.

🗣 믿지 못하는데 어떻게 행복할 수 있어?

나는 말문이 막혀 벙어리처럼 TV 모니터를 응시했다. 야콥이 함부르크 엘베강가에서 행복하게 노는 모습이 담긴 사진이 화면에 떠올랐다.

고릴라, 다람쥐 그리고 남자

🦴 고기서머해?

　　내가 상담을 마치고 다음 상담 사이에 잠깐 쉬고 있을 때, 야콥이 카펫 위에서 뼈다귀를 물어뜯으며 중얼거렸다. 나는 동료가 보내준 영상을 보는 참이었다. 내가 잘 아는 심리학의 고전이지만, 볼 때마다 감탄하고 웃음이 터졌다.

🦴 머가그러케재미써?

🐒 무슨 실험인지 전에 설명해줬는데.

🦴 사실을아라내기위해동물과인간이함께노는거….

　　야콥이 뼈다귀를 바닥에 떨어뜨리고 기대에 부푼 얼굴로 나를 쳐다봤다.

🦴 …마시멜로를 가지고 한 실험?

🗿 유감스럽지만 과자 없이 한 실험이야. 이 영상에서는 두 팀이 서로 공을 던지는데 한 팀은 검은 옷을, 다른 팀은 흰 옷을 입었어. 실험 참가자들은 이 영상을 보고 흰 옷을 입은 사람이 같은 팀 사람과 공을 주고받는 횟수를 세야 해.

👅 재미없을거가튼데.

🗿 그러는 동안 고릴라 탈을 뒤집어쓴 사람이 화면에 나타나서 이리저리 뛰어다녀. 나중에 실험 참가자들에게 공을 주고받는 횟수를 셀 때 특별한 게 눈에 띄지 않았느냐고 물어보면, 대부분 고릴라를 전혀 알아차리지 못해.

👅 나참그게머야?

야콥은 마지막 남은 뼈다귀 조각을 꿀꺽 삼켰다.

🗿 우리가 뭔가에 집중하면 다른 건 완전히 인식하지 못한다는 점이 흥미롭지.

말이 길어지기 전에 정신을 차렸다. 내가 두 상담 중간에 휴식의 소중함을 느낄 때, 야콥은 이 짧은 자유 시간을 기꺼이 수다 떠는 데 이용했다.

🐾 크리스티네랑 남자들처럼?

🦍 무슨 말이야?

크리스티네에 관한 이야기는 앞에서 했다. 야콥은 내 친구 크리스티네의 개 벨라를 아주 좋아한다.

🐾 크리스티네는 남자 친구가 있으면 정말 좋겠다는 말을 달고 다니잖아. 남자가 없으면 행복할 수 없는 것처럼. 예쁜 벨라도 있는데 말이지. 발리우드 영화를 너무 많이 보는 모양이야.

🦍 흠, 크리스티네는 그런 면이 조금 있지.

🐾 조금이라고? 우리 넷이 공원에서 어땠는지 기억 못 하는 거야? 햇빛이 눈부셨고, 너희는 아이스크림을 먹으면서 우리에겐 한 입도 주지 않은 날을? 그때 크리스티네는 뭘 했지? 너한테 솔로의 괴로움을 줄기차게 한탄했다고. 얘기하는 내내 시선은 남자들을 향해 이리저리 움직였고.

🦍 크리스티네는 그런 상황에 매우 즐겁고 쾌활하지. 그건 그렇고, 그게 고릴라와 무슨 상관이 있어?

🐾 우리가 인생을 가치 있게 하거나, 그렇게 해줄 수 있는 최고

로 멋진 것과 여기저기서 끊임없이 마주친다고 생각해봐. 이를테면 조금 전에 먹은 맛있는 뼈다귀라든가, 네가 쓰다듬어주는 것 말이야. 이따가 개들이 노는 풀밭에 가는 일도 그렇고. 뭔가 좋은건 항상 우리 곁에 있어. 언젠가 그게 지루해진다 해도 자기 꼬리를 가지고 놀거나, 신문을 갈기갈기 찢거나, 신발을 질겅질겅 씹을 수도 있지.

  정말 대단하다. 그럼 고릴라는?

  크리스티네에게 고릴라는 자기 곁에 있는 수많은 좋은 일이야. 그녀는 그걸 좀처럼 지각하지 못해. 크리스티네가 공을 주고받는 횟수를 세고 있어서가 아니라 자기에게 남자가 없다고 생각하기 때문이지. 벨라가 그러는데, 크리스티네가 마지막으로 사귄두 남자와 관계가 비참했대. 그래서 크리스티네가 넋이 빠진 거야, 안 그래?

  그래.

야콥이 얼마나 훌륭한 관찰자인지 거듭 경탄했다. 이건 야콥이뭔가에 관심을 가질 때 얘기다. 나는 다시 노트북으로 시선을 돌렸고,야콥은 바구니 집에서 최적의 수면 자세를 찾느라 애썼지만 성공할가능성은 희박해 보였다. 야콥이 불만족스러운 표정으로 다시 내게관심을 보이면서 찬성의 뜻을 비쳤다.

🐚 맞아, 환상이….

🗿 뭔 말이야?

🐚 인간은 자기 환상을 사랑할 뿐이라고. 난 이걸 알렉산드라에게 배웠어. "환상은 여름 바람 속에 활짝 피고…."

야콥이 흥얼거릴 때 황홀한 표정이 스쳤다. 야콥은 다시 인간의 문제에 관심을 쏟으려고 했다.

🐚 너희는 맹목적으로 수많은 환상을 좇아. 특히 무엇이 자신을 행복하게 해줄 거라고 확신할 때.

🗿 그런가?

🐚 "사장과 가까운 지인과 가족이 날 더 많이 인정하고 사랑하고 존중해준다면…" "월급이 더 많았으면…" "지금보다 몸매가 좋다면…" "최신형 아기폰(아이폰)을 살 수 있다면…" "…그럼 난 확실히 행복한 인간일 텐데!"

🗿 그러게.

🐚 이건 마치 다람쥐하고 있을 때….

야콥이 연출상 잠시 말을 멈추고 점잔을 빼며 쳐다봤다. 그게 대체 뭐길래 다람쥐하고 관련이 있느냐고 따질 수도 있지만 그만뒀다. 잠깐 쉬고 싶은 내 바람도 환상임이 분명했다. 야콥은 어떤 주제에 대해 말하고 싶으면 결코 포기하는 법이 없으니까.

🗣 다람쥐라고?

🐕 다람쥐란 놈이 나무에 앉아 재잘거려. 내가 나무에 올라가거나 잡을 수 없으니까 녀석이 날 보고 놀리면, 한동안 아무것도 눈에 들어오거나 들리지 않아.

🗣 당연히 그러겠지.

🐕 그런데 내가 나의 행복이 다람쥐에게 달렸다고 확신하냐? 당연히 아니지! 그 점에서 난 진짜 똑똑하거든.

🗣 우리 인간은 어리석어서 행복의 환상에 빠져 있고?

🐕 지금은 그렇게 깎아내리는 말을 하고 싶지 않아.

🗣 당연히 그러시겠지.

🐕 그 맛있는 뼈다귀 하나 더 줄래?

🗣 두 개 먹으면 배 아파.

🐕 실망이군. 그래도 상관없어. 운이 좋게 난 인간이 아니거든.

    야콥이 나를 째려보면서 그가 먹는 과자를 담아둔 선반 쪽으로 다가갔다.

🐕 그렇지 않으면 난 지금 몹시 슬퍼하면서, 그 뼈다귀가 얼마나 맛있을까 상상만 하고 있을걸. 뼈다귀가 없어서 끔찍이 불행하다고 확신하고 또….

🗣 그만해.

🐕 우리 개들이 너희 인간보다 훨씬 영리해서 얼마나 좋은지 몰라. 훨씬 유연하기도 하지. 나한테 과자를 주면 안 될까? 내가 잔디를 씹을 수도 있다고. 나무에 오줌을 갈겨 더럽게 만들거나. 다람쥐도 괴롭히고.

🗣 참 장하다.

🐕 "나는 공을 주고받는 횟수를 세야 해, 세야 한다고…"라고 말하는 너희는?

🗿 알아들었어.

야콥이 약 3초간 말이 없더니, '배고파 죽겠다'는 눈빛을 필사적
으로 보냈다.

🐾 부탁이야, 뼈다귀 하나 더 줘! 지루해 죽겠어. 배 아플 일도
없다고. 제발….

🗿 야콥, 그만!

다행히 초인종이 울렸다.

사랑은 받는 게 좋을까, 하는 게 좋을까?

아름다운 늦여름 저녁이었다. 해가 뉘엿뉘엿 지며 따스한 햇살이 엘베강 맞은편에 대형 선박과 교형크레인이 모여 있는 항구를 비췄다. 우리는 모래톱에 앉아 강을 바라보기도 하고, 주위에서 벌어지는 흥미진진한 움직임을 관찰했다. 야콥은 만족스러운 얼굴로 당근 조각을 먹어 치우더니, 맥주를 홀짝거리는 나를 의심스러운 눈빛으로 보며 말했다.

🐂 오늘 그 친절한 젊은 남자 있잖아….

🗿 응?

🐂 그 사람이 왜 그렇게 슬퍼하고 인생에 불평불만이 많은지 모르겠어.

🗿 여자 친구가 이전처럼 자기를 사랑하지 않는다면서 떠났대. 심지어 여자 친구는 한 번도 자기를 진정으로 사랑한 적이 없다더라고. 그 청년은 사랑을 그리워하는 거야.

🐄 아무도 사랑할 수 없기 때문에?

🗿 아니, 그를 사랑해주는 사람이 없거나 그렇게 생각해서.

🐄 여자 친구가 그를 사랑한다면 그가 행복할 거라는 뜻이야?

🗿 분명히 그럴 거야. 또 그에게 친구가 많고 가족이 그를 냉정하게 대하지 않는다면.

야콥이 고개를 천천히 끄덕이고 강변을 쭉 훑어봤다. 야콥은 내 말을 탐탁지 않게 여기는 듯했다.

🗿 네 생각은 달라?

🐄 베니 알지?

🗿 알지, 네가 '완전 다정하지만 꽉 막힌 녀석'이라고 생각하는 그 래브라도레트리버.

🐄 맞아. 모든 개는 베니가 굉장히 헌신적이라고 생각해. 누구에게나 무척 친절하거든.

🗿 나도 알아. 너무 착해서 위궤양에 걸렸다고 했지.

🐷 문제는 베니가 사람과 개 친구들이 자기를 사랑해주지 않으면 어쩌나, 시도 때도 없이 걱정한다는 거야. 그래서 베니는 만인의 연인처럼 군다고.

🗿 아무도 날 진심으로 좋아하지 않는다고 생각하면 정말 끔찍하지 않아?

🐷 그렇고말고. 네가 나한테 "야콥, 난 이제 널 좋아하지 않아서 네 사람이 될 수 없어"라고 말한다면 아주 끔찍할 거야!

🗿 그런 일은 절대로 일어날 수 없다는 걸 넌 잘 알지?

🐷 내가 널 좋아하는 마음을 멈출 수 없다는 걸 네가 잘 아는 것처럼.

우리는 서로 쳐다보며 미소 지었고, 기분 좋은 전율이 내 등을 타고 흘렀다.

🐷 그 젊은 남자에게 무슨 말을 해줬어?

🗿 난 거의 듣기만 하다가, 자신이 충분히 사랑받지 않는다는 걸 어떻게 확신하느냐고 물었지. 그는 자기를 아주 좋아하는 사람을 많이 알고 있어. 지금은 그의 지각이 왜곡됐을 뿐이야.

🐮 그렇군.

😐 너라면 뭐라고 했을 것 같은데?

🐮 나라면 누구를 가장 좋아하느냐고 물어봤을 거야.

😐 그 청년에게 그건 중요하지 않아.

🐮 알아, 바로 그게 너희의 문제야. 인간은 툭하면 자기가 충분히 사랑받지 못한다고 불만을 터뜨려. 남편이나 아내에게, 자녀나 친구에게, 누구든 간에.

😐 거기에 우리 행복과 불행이 달렸기 때문이야. 넌 그렇게 생각하지 않아?

🐮 내가 어느 날 여기에 없다고 상상해봐.

😐 상상하기 싫은데.

🐮 그렇다면 너를 사랑한 나를 기억할 거야, 네가 사랑한 나를 기억할 거야?

😐 둘 다. 그보다 넌 내가 사랑한 개라고 할 것 같은데.

🐂 나도 그래. 내가 사랑한 인간이 있었다고 기억할 거야. 그게 날 아주 행복하게 해줄 거라고!

🗿 사랑받는 게 사랑하는 것보다 중요하지 않다고 생각해?

🐂 물론 누가 나를 사랑해주는 건 아주 멋진 일이지. 개와 그의 사람은 서로에게 사랑받는다는 걸 언제나 100퍼센트 확신할 수 있어. 부모와 자녀도 마찬가지일걸? 하지만 그거 말고는 다른 사람이 너희를 사랑하는지 주구장창 의심하잖아, 안 그래?

🗿 맞는 말이야. 우리는 자신이 바라는 대로 사랑받지 못해도 절망하지. 그 청년처럼.

🐂 얼마 전에 심각한 사랑의 열병을 앓은 너처럼. 인간은 자신이 충분히 사랑받는지 너무 많이 생각하기 때문에 개보다 훨씬 괴로워해.

🗿 개들은 안 그래?

🐂 그럼, 베니 빼고. 우리는 자신이 누구를 사랑하는가가 훨씬 중요해. 이게 우리를 행복하게 만들고, 아무도 우리 행복을 빼앗을 수 없지.

🗿 정말?

사랑받는 것보다 사랑하는 걸 중심에 두고 산다는 말이 부럽고, 왠지 수긍이 갔다.

🐂 빨간 옷을 두른 그 현명한 할아버지도 "될 수 있는 대로 수많은 존재에게 사랑받을 수 있도록 노력하라"고 말하지 않았잖아? 그랬다면 아주 현명하진 않았을 거야, 그치?

🗿 맞아, 달라이 라마는 조건 없는 사랑에 대해 자주 이야기했어. 그 사랑이 우리를 자유롭게 한다고.

🐂 너희가 충분히 사랑받지 못한다는 이유로 골머리나 가슴이 아프다면, 너희는 상당히 자유롭지 못한 거야.

🗿 사랑할 사람이 거의 없는 사람은 어떡하지? 자녀도 없고 배우자도 없고, 친한 친구와 반려견도 없다면?

아콥이 미심쩍은 눈으로 나를 쳐다보고 이마에 작은 주름을 끌어 올리더니 입을 크게 벌리고 웃었다.

🐂 그런 미련한 생각은 인간만 한다니까!

야콥은 나긋나긋한 목소리로 과외 선생이 희망 없는 학생을 대하듯 말했다.

 먹을 게 부족할지 모르지. 햇빛을 거의 볼 수 없다거나, 머리가 다 빠질 수도 있고. 하지만 사람, 동식물, 사물… 그밖에도 사랑할 만한 건 헤아릴 수 없이 많아. 눈을 크게 떠봐!

야콥이 앞발로 우리 주위를 가리키면서 나를 보고 미소 짓더니 덧붙여 말했다.

자연을 사랑할 수 있고, 당연한 말이지만 삶도 마찬가지야.

이제 무슨 말인지 알겠어.

훌륭해.

개들은 마음이 아주 넓어서 우리 인간보다 행복한가?

무엇보다 우리가 똑똑한 종이기 때문이지.

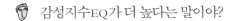 감성지수EQ가 더 높다는 말이야?

 그냥 훨씬 더 똑똑해.

　야콥이 확신에 차서 이야기를 마무리했다. 그리고 먹을 만한 걸 찾느라 옆에 있는 쓰레기통을 기웃거렸다.

집착

　　쌀쌀하고 비 내리는 어느 일요일, 우리는 〈래시Lassie〉*를 봤다. 언젠가 내 유년 시절의 가장 중요한 TV 시리즈에 대해 이야기했는데, 야콥이 꽤 관심을 보였다. 개가 주인공이다! 집 밖 활동은 생각조차 할 수 없어서, 우리는 담요로 몸을 감싸고 소파에 앉아 〈래시〉 전편을 완주했다.

　　나는 중간중간 졸기도 하고 어떤 회는 보지 않고 지나쳤지만, 야콥은 마지막 회가 끝날 때까지 몸을 꼿꼿이 세우고 초롱초롱한 눈으로 내 옆에 앉아 있었다. 나는 TV 혼수상태에서 빠져나오기 위해 천천히 기지개를 켰다.

 난 이 드라마가 대부분 진짜처럼 보이지 않아. 너는 어때?

🗿 엥?

---

* 소설 《명견 래시》를 바탕으로 만든 미국 TV 시리즈.
영화로도 제작했다.

🐾 나 원, 래시가 아기 퓨마를 구하기 위해 늑대와 싸우는 걸 보라고. 그건 늑대가 아니라 변장한 개야. 둘이 싸우는 장면도 싸우기는커녕 신나게 놀던데.

🙂 야콥, 이건 드라마일 뿐이야. 아이들을 즐겁게 해주려고 만든 드라마. 그 이상은 아니라고.

내가 차이점을 누누이 설명했건만, 야콥은 TV에 나오는 허구와 현실을 구별하지 못했다.

🐾 얼마 전에 본 사냥개에 관한 영화는? 그건 진짜 같던데!

🙂 그 영화는 다큐멘터리니까 좀 다르지. 거기에 나온 사냥개들은 실제로 있어.

🐾 래시도 실제로 있다고!

🙂 래시를 연기한 개는 있지만, 네가 TV에서 본 래시는 없어.

🐾 흠….

내 설명이 불만족스러운 모양이다. 야콥은 혹시 그새 기적이 일어나 밥그릇이 저절로 채워지진 않았을까 살펴보기 위해 주방에 갔다가 다시 내 옆에 와 앉더니, 검은 화면을 뚫어지게 쳐다봤다.

🐾 래시는 행복한 개였을까?

나는 개와 드라마에서 맡은 역할이 다르다는 의견을 고수하지 않기로 했다. 그날은 일요일이고, 난 〈래시〉 과다 복용으로 매우 졸렸다.

😊 몰라. 행복하지 않을 이유라도 있어?

🐾 래시는 멋지고 긴 하루 동안 자기 사람 마음에 드는 것밖에 아무 생각도 하지 않는 듯 보였어.

😊 그래?

🐾 개들이 느끼는 즐거움은 어디 있지? 래시가 한 번이라도 토끼를 잡으러 간 적이 있어? 과자를 찾기 위해 쓰레기통을 뒤지거나, 정원에서 땅을 파기라도 했어?

😊 글쎄, 어쩌면 자기 사람이 계속 그런 행동을 하는 데 짜증 내지 않는 개도 있을지 모르지.

🐾 방금 래시는 없다고 했잖아!

나는 입을 다물었다.

🐂 래시는 아주 행복해 보이진 않아, 그치?

🗿 난 진짜 모르겠어.

우리 둘 다 입을 다물었다. 나는 잠깐이라도 낮잠을 자고 싶어 눈을 감았다.

🐂 래시는 자나 깨나 티미만 보잖아. 그의 주머니에서 당장 맛있는 과자가 굴러떨어질 것처럼. 정상이 아니야!

🗿 대본에 쓰인 대로 했을 거야. 과자를 많이 먹어가면서.

야콥은 내가 주관적으로 한 말을 흘려들었다.

🐂 나도 네가 어디 있고, 무엇을 하고, 너한테 무엇이 필요한지 늘 보긴 해.

🗿 진짜? 그럼 어제 네가 몰래 사라져서 내가 소리 지르며 찾아 다니고, 넌 못 들은 척한 건 단지 내 착각인가?

🐂 하지만 래시는 너무 집착한다고. 개도 자기 삶이 필요해. 자

기 일을 해야 하고. 우리가 전적으로 자기 사람의 행복을 위해 존재한다면 어떻게 되겠어?

👤 흠….

🐕 우리가 서로를 몹시 필요로 하지만, 너도 나 없이 일을 처리하잖아. 래시가 티미에게 하듯 사람들이 끊임없이 다른 사람 곁을 맴돈다고 상상해봐. 내 말이 맞지?

👤 흠….

🐕 개와 인간이 행복해지려면 각자 자기 것이 필요해. 하지만 수많은 사람이 래시처럼 하고 있어. 그들은 자기가 좋아하는 사람 주변을 빙빙 돌고 또 돌지. 오직 그 사람이 자기를 행복하게 만들어줄 수 있는 것처럼, 주머니에서 맛있는 과자가 떨어지지 않을까 하면서.

👤 아무렴.

🐕 그러다가 어느 날 우울해지면 이상하게 생각해. 그러면 심리치료사가 필요하지.

👤 흠….

🐂 래시도 우울하다고 생각해?

🗿 글쎄….

🐂 래시는 오히려 조증에 가까워. 늘 그렇듯 신경이 날카롭다
고. 하지만 행복해. 아니, 래시는 행복하지 않아. 내 말 듣고 있어?

🗿 으응.

🐂 난 이만 변기 물이나 마시러 가야겠다. 그런 다음에 리모컨
좀 씹고.

🗿 흠….
안 돼!
하지 마, 제발!

삶은 서로 다른 세계가 조우하는 순간 가장 아름답다

　　야콥이 지하철 창문 앞에 앉아 빠르게 지나가는 바깥 풍경을 꿈꾸듯 바라봤다. 나는 야콥의 황홀한 표정을 즐거운 마음으로 관찰했다. 그러던 중 야콥에게 생선 썩은 냄새가 나서 즐거움이 싹 사라졌다. 지하철 안에서 악취의 진앙이 우리밖에 없음은 뻔한 사실이었다. 맞은편 끝에 있던 승객들이 당혹스러운 눈초리로 우리 쪽을 응시했다. 내가 사과하는 뜻으로 미소 짓자, 그들은 부리나케 시선을 돌렸다. 정말이지 그들이 있는 곳으로 가서 앉아 야콥을 모르는 척하고 싶은 마음이 굴뚝같았다.

🐕 으음, 맛있는 냄새!

　　야콥이 중얼거렸다. 한눈에도 야콥은 자신과 자기 몸에서 나는 냄새에 만족스러운 모습이었다. 개와 사는 사람들은 썩 좋지 않은 냄새에 익숙할 수밖에 없다. 하지만 오늘 야콥은 내 한계를 넘어서는 일을 해냈다.

🐕 정말 맛있는 냄새야.

우리는 엘베강가를 산책하고 오는 길이었다. 야콥은 죽은 지 오래된 뱀장어 한 마리를 모래톱에서 발견하고, 내가 치우기도 전에 그것을 몸에 낀 채 데굴데굴 구르며 신나게 돌아다녔다. 맛있는 냄새는 개뿔. 나는 다른 승객들을 마주하고 몹시 곤혹스러웠다. 하지만 어떻게 해서든 야콥을 대대적인 목욕이 기다리는 집으로 데려가야 했다.

🗿 그 역겨운 냄새가 좋다니, 말이 되는 소리야?

🐽 오~.

🗿 넌 보통 내가 맛있게 먹는 걸 맛있다고 하잖아. 피자나 치즈 빵, 망고….

🐽 왜 있잖아, 좋은 냄새 나라고 네가 귀 뒤에 뿌리는 거. 그 냄새가 얼마나 지독한지 알아? 내 이불이 그 '물 기계'에서 나올 땐 냄새를 맡기도 싫다고. 내가 그걸 깔고 잔 다음에야 정말 좋은 냄새가 나지.

🗿 우린 너무 달라.

내가 시무룩한 표정으로 말했다. 다행히 승객들의 관심이 곧 우리에게서 멀어졌다. 조금 전부터 한 커플이 눈에 띄게 흥분해서 말다툼했고, 이젠 아예 큰 소리로 비난하는 말을 주고받았다. 야콥도 흥미롭게 경청했다. 우리가 지하철역을 빠져나와 집으로 걸어가면서 신선한 공기를 만끽할 때, 야콥이 눈을 찡긋하고 말했다.

🐕 가끔 서로를 이해하지 못하는 게 나와 너만이 아니라는 걸 알아서 좋지 않아?

🐈 우리가 그런 식으로 싸우느니 차라리 너한테 고약한 냄새가 나는 게 낫지.

🐕 우리가 세상을 아주 다르게 인식한다는 건 생각할수록 놀라운 일이야.

🐈 맞아, 너한테 죽은 생선이 어떤 냄새로 느껴질까 궁금해 미치겠다니까.

🐕 정말 너와는 다르지.

야콥이 웃으면서 앞발로 길가에 있는 푸른 울타리를 가리켰다.

🐕 네가 보는 이 빨강이 내가 보는 빨강하고 같을까?

알다시피 개는 색맹이다.

🗣 아플 때도 그래. 너와 내가 느끼는 통증이 같은지 결코 알 수 없지.

🐄 두 사람에 대한 감정은 항상 같을까? 아까 그들이 세상을 보는 것처럼?

🗣 나도 모르겠어. 하지만 오랫동안 심리치료사로 일한 나는 우리가 절대로 같은 세계에 살고 있지 않다고 생각해.

🐄 같은 세계가 아니라고?

🗣 예를 들어 넌 우체부 아저씨를 무서워하지만, 대다수 사람은 으르렁거리는 개를 두려워한다고.

🐄 그 개는 인간이 자기를 가만히 놔두기를 바란다고! 거미에게 혐오감을 보이는 크리스티네는 어떻고? 그녀가 사는 곳은 진짜 다른 세상이라니까….

🗣 그렇기에 이 세상이 남들에겐 어떻게 보이고, 냄새나고, 느껴지는지 우린 결코 알 수 없어.

🐄 정말 재밌는 생각이네. 우리는 함께 살지만 같은 세계에 있지 않다니.

야콥이 잠시 곰곰이 생각하더니 물었다.

🐾 우린 최소한 이 세상이 다른 개들과 인간들에게 어떻게 보이는지 조금이라도 잘 이해하기 위해 노력할 수 있잖아?

🐾 물론이야. 인간도 서로 이해하고 관계를 지속하기 바란다면 노력해야 해.

🐾 죽은 뱀장어 냄새가 얼마나 기막힌지 네가 이해할 수 없어도 말이지? 내가 기쁘다면 넌 나를 위해 기뻐할 수 있지, 그치?

🐾 내가 당장 널 욕조에 넣고 구석구석 비누칠하는 이유를 네가 이해할 수 있는 것처럼?

야콥이 발걸음을 멈추고 겁먹은 눈빛으로 나를 봤다.

🐾 내가 목욕을 얼마나 싫어하는지 알잖아!

🐾 넌 이 고약한 생선 냄새가 날 힘들게 하는 걸 잘 알고.

우리는 죽을상을 하고 무거운 발걸음으로 나란히 걸었다.

🐾 서로에 대해 잘 아는 건 뭐든 좀 더 수월하게 만들어주겠지?

그렇지 않아?

🗿 넌 목욕을, 난 너의 냄새 참기를?

🐂 어.

🗿 서로에 대한 이해는 우리가 같은 세계에 살 수 있게 해줄지도 몰라. 최소한 우리가 좀 더 가까워질 수 있게 하든지.

🐂 지하철에서 무척 흥미진진하게 소리 지르며 싸우던 두 사람은 몰랐을 거야.

🗿 몰랐겠지. 그들은 무조건 자기가 옳다면서 상대방의 생각과 느낌이 틀리다고 지적하느라 바빴어.

🐂 자기 세계만 옳은 것처럼! 그 둘이 완전히 다른 세계에서 제각각 산다면 틀림없이 외로울 거야.

🗿 난 많은 사람이 상대방에게 실망해서 외로워한다고 봐.

🐂 서로 많이 착각해서? 아니면 서로 같은 세계에 산다고 믿었기 때문에?

🗣 맞아. 자기와 같은 인간이 너무나 다르게 생각하고, 느끼고, 이 세계를 다른 방식으로 이해한다는 데 종종 당황하기도 하지.

🐂 그 때문에 우리는 훨씬 더 행복하다고! 우린 서로를 이해하려고 노력하니까.

야콥이 나를 보고 환하게 웃었다. 하지만 우리 집 현관에 도착해서 내가 문을 열자, 야콥은 머뭇거리며 애원하는 떠돌이 개의 눈빛으로 말했다.

🐂 그게 꼭 필요해? 정말 목욕을 한다고?

🗣 미안하네, 친구. 꼭 해야 하고말고.

야콥이 사형장이라도 가는 것처럼 다리 사이에 꼬리를 감추고 몸을 질질 끌면서 거실로 기어갔다. 욕실로 들어가기 전에는 고개를 기울이고 나를 봤다.

🐂 이 끔찍한 과정이 끝나고 공동의 세계에서 맛있는 걸 함께 먹으면 안 될까?

🗣 우리가 함께 먹을 피자를 주문했으면 좋겠다는 말이지? 좋아, 오늘은 예외적으로 그러지.

 정말 우리 둘은 같은 세계에 산다니까! 아주아주 멋진 세계에!

냄새나는 개는 머리와 꼬리를 꼿꼿이 세우고 위풍당당하게 욕실로 사라졌다. 삶은 서로 다른 세계가 조우하는 순간 가장 아름답다.

자존심과 연민

🐏 내 이름을 야콥이라고 지어줘서 정말 기뻐.

우리가 동네를 산책하던 길에 어떤 사람이 자기 개를 "보탄" 하고 부르는 소리를 들었다. 우리는 낄낄 웃었다.

😊 보탄이란 이름이 마음에 안 들어?

🐏 안 들어.

😊 그럼 슈가는?

🐏 싫어, 봄멜도 마찬가지고.

특이한 개 이름을 말하면서 낄낄거리다가, 야콥이 갑자기 나를 진지하게 바라보더니 물었다.

🐏 그런데 내가 왜 야콥이야?

🗿 우리가 만나기 훨씬 전에 난 스페인으로 도보 여행을 떠났어. 같이 살던 고양이 파울이 죽어서 혼자 지낼 때야. 그때 처음으로 개와 함께 살면 어떨까 진지하게 생각했어.

🐾 훌륭한 생각이네!

🗿 나도 그렇게 생각해. 스페인에 개가 참 많았는데, 그들에겐 안락한 집이 없어 보였어. 그래서 불쌍한 개를 만나면 입양하는 게 어떨까 고민했지.

🐾 나 같은?

🗿 응. 그때 걸은 곳이 '야고보의 길'인데, 내가 입양할 개를 만나면 야콥*이라고 불러야겠다는 생각이 떠올랐어.

🐾 우리가 만난 곳은 거기가 아니잖아?

🗿 그때는 입양할 개를 한 마리도 만나지 못했어. 우리가 함께 살기로 한 뒤에 그 일이 떠오르더라. 야콥이란 이름이 네게 잘 어울린다고 생각했고.

———

* 야콥은 야고보의 독일식 애칭이다.

☞ 네가 '보탄의 길'을 걷지 않아서 천만다행이야.

집으로 돌아와서 야콥이 밥을 먹고 그릇을 싹싹 핥을 때, 갑자기 우리가 나눈 이야기가 떠오른 모양이었다.

☞ 스페인 개들에게 안락한 집이 없다는 게 무슨 말이야?

🐶 도보 여행을 하면서 개들을 봤는데, 비좁고 더러운 우리에서 먹고 잤어. 어떤 개들은 짧은 줄에 묶인 채 근근이 살고. 다시는 스페인에 가고 싶지 않아. 그 가여운 모습을 보기 힘들었거든.

☞ 인도에서 너한테 갈 날만 기다릴 때, 나도 작은 우리에 갇혀 지냈지. 끔찍한 시간이지만, 그렇게 길지는 않았어.

야콥은 그런 상상으로 몸서리치는 것 같았다.

🐶 어떤 개들은 가끔 돌아다니기도 할 거야. 하지만 내가 스페인에 있을 때, 작고 누추한 오두막 앞에서 쇠사슬로 묶인 개를 여러 마리 봤어. 주위는 배설물로 가득했지. 그 가여운 녀석들은 산책은 꿈도 못 꿀 거야.

☞ 그랬다면 자기 집 앞에 똥을 싸지 않았겠지! 개는 자발적으로 그런 행동을 하지 않아.

🗿 나는 사람들에게 말할 수 없는 분노를 느꼈고, 개 한 마리를 풀어서 데려갈까 생각도 했어.

🐂 그랬다면 그 개는 정말 기뻐했을 텐데.

🗿 틀림없이 그랬겠지!

야콥은 인도 사람들이 긍정도 부정도 하지 않을 때 하는 행동처럼 풀밭에 앉아 고개를 좌우로 가볍게 흔들었다.

🗿 뭐가 맘에 안 들어?

🐂 남들한테 그런 취급을 받는 인간이라면 거기서 도망치기 위해 뭐든 하겠지. 자기에게 고통을 준 자들을 증오하고.

🗿 개는 안 그래?

🐂 꼭 그렇진 않아.

🗿 사슬에 묶인 비참한 개가 자유를 원하지 않을 이유가 있어?

🐂 그 개는 자기 사람에게 속했으니까. 비록 오물 속에 살아도, 사람들이 자기를 쓰다듬어주지 않고 아주 고약하게 대해도, 우리

에겐 자기 사람 곁에 있는 게 무엇보다 중요해.

🗣 사람들이 너희를 함부로 대해도?

🐕 그런 일이 되풀이된다고 해도. 어쩌면 쇠사슬에 묶인 불쌍한 개의 삶에서 가장 중요한 건 자기 사람의 삶에 가능한 한 많이 관여하는 일인지 몰라. 개는 자기 사람 곁에서 그를 지키는 게 자기가 할 일이라고 생각할 수 있지. 자기 사람이 만족한다고 믿는 한 그 개도 만족하고.

🗣 개들이 왜 그렇게 어리석은지 이해할 수 없어!

🐕 너한텐 어리석게 보일 수 있을 거야.

🗣 자기를 짓밟는 사람에게 삶을 바칠 때, 너라면 뭐라고 할래?

🐕 인간이 쓰는 말 가운데 딱 맞는 단어는 없어. 아마 '연민'이 가장 적절한 표현일 거야. 우리는 자기 사람에게 연민이 아주 많지. 우리에게도 연민이 사라지는 순간이 올 수 있지만, 너희처럼 그렇게 빨리 오진 않아.

  스페인에서 비참한 개들을 봤을 때, 수만 가지 생각이 온몸에 스쳤다. 나는 무척 분노했고, 인간에게 그런 대우를 받는 개도 분노할 거라고 생각했다. 부당한 대우를 받아도 자기 사람 곁에 있는 것으로 만족한다는 얘기는 이해하기 힘들었다. 야콥은 한동안 깊은 생각에 빠진 듯하더니 나직한 목소리로 말했다.

🐕 우리 개들은 도망치기까지 인간이 자기에게 몹쓸 짓을 많이 하게 두는지도 몰라. 너희는 누가 자기에게 친절하지 않으면 당장 그 자리를 뜨지만.

🙂 무슨 뜻이야?

🐕 페트라가 마음에 들지 않는 행동을 했다고 네가 몇 달 동안 그녀를 피하는 거 알지? 강아지처럼 뾰로통해선!

이 일은 정말 불쾌한 기억이다. 페트라는 자기 고향에 나와 내 친구가 머물 곳을 알아놓겠다고 약속했다. 하지만 내가 여행을 떠나기 직전에 그 약속을 잊어버렸노라고 실토했다. 다른 방도를 찾기엔 너무 늦었다. 나는 바닥에 내동댕이쳐진 기분이었고, 몇 년간 이어온 우정을 의심했다.

🙂 그땐 기분이 몹시 상했지.

🐕 너희를 보면 너무 빨리 기분이 상하고, 마음은 콩알만 해. 때론 자존심이 인간에 대한 연민보다 중요해서 그래?

🗣 그런지도 모르지.

나는 페트라와 다른 사람들을 생각했다. 그들 곁에서 내 자존심은 우정 위에 있었고, 지금 내 마음에 슬픔이 차오르는 것을 느꼈다. 야콥이 애정 가득한 눈으로 나를 바라봤다.

🗣 개의 마음은 정말 인간보다 커. 너무 빨리 작아지지도 않고, 그치?

🐕 넌 내 사람이고, 난 네게 충직한 개야. 네가 무슨 행동을 하든 상관없어. 난 늘 네 곁에 있으니까. 내가 몇 분 동안 사라질 때도 있고, 가끔 너한테 무척 화를 내기도 하지만 넌 언제나 내 사람이야.

🗣 인간은 연민을 느끼는 점에서 너희를 본보기로 삼아야 해.

🐕 나를 삼아?

🗣 이건 관용어야.

야콥이 머리를 절레절레 흔들면서 내 곁을 지나갔다.

우리는 다른 사람이 필요하지 않아서 불행하다

생각할수록 나는 고양이 편에 속했다. 나는 개가 너무 '개 같고', 너무 순응적이고 의존적이며, 인간에게 너무 매달린다고 느꼈다. 그들이 자기 사람 없이 살 수 없다는 점이 마음에 들지 않았다. 고양이는 자기 볼일을 보면서 비상시에는 '집사' 없이도 그럭저럭 잘 지낸다. 따지고 보면 내가 고양이를 좋아한 이유는 그들이 나를 필요로 하지 않기 때문이었다.

우리 집에서는 언제나 독립을 가장 중요시했다. "남에게 의지하는 사람은 버림받아도 싸다"는 말을 인생의 지혜로 삼았다. 나는 어릴 때부터 매우 조심스럽게 믿고, 의심스러우면 오로지 자신을 믿으라고 배웠다. 이 가르침이 사람들을 사귀는 데 도움이 된다고 보기는 어려웠다.

심리치료사 직업교육을 받으면서 내가 '개 같은 인간'을 미심쩍은 눈으로 보는 것을 깨달았다. 그들은 자립하고 강해지려고 노력하지 않는다고 생각했다. 약한 사람을 보면 종종 경멸했다.

믿음과 나는 거리가 있었다. 내가 믿을 수 있다고 인정하려면 사람들은 이를 증명하기 위해 많이 노력해야 했다.

내가 직업에서도 독립을 택한 것은 놀라운 일이 아니다. 나만의 일을 한다는 게 마음에 든다. 다행히 나는 그와 더불어 배우기도 했다.

야콥은 가시에 발이 찔리면 곧장 내게 도움을 청한다. 배가 아프면 될 수 있는 대로 내게 몸을 대고 비빈다. 개들은 자기 사람을 필요로 하고, 순간순간 가까이 있기 원한다. 당연한 얘기지만 그들은 '개 같은' 것을 부끄러워하지 않는다.

어쩌면 개에겐 선택의 여지가 없는지도 모른다. 자기 사람을 믿는 것은 개의 천성이다. 반대로 우리는 선택할 수 있고, 애석하게도 너무나 자주 믿지 않는 쪽을 선택한다. 그러면서 다른 사람을 아주 많이 필요로 하지 않기 위해 뭐든지 한다. 무엇이 우리가 섬이라고, 혹은 섬이어야 한다고 믿게 만드는 걸까?

심리치료사로 일하면서 그 배후에 불안이 숨어 있다는 사실을 깨달았다. 우리를 이용할지 모를 어떤 이에게 의존한다거나, 우리 믿음을 악용하는 사람을 믿는 것에 대한 불안 말이다. 여기에 자신이 멍청하거나 순진하다고 밝혀진 것처럼 느끼는 부끄러움에 대한 불안까지 더해진다.

불안은 100년 전 오스트리아 경제학자 오토 노이라트Otto Neurath가 명명한 현상에도 책임이 있다. 바로 자기실현적 예언이다. 의심이 많은 사람은 부정적인 반응을 더 많이 기대하기 때문에 거리감을 두고 불친절하게 행동한다. 그들은 여러 실험에서 나타났듯이, 남을 의심하지 않는 신뢰에 찬 사람들보다 나쁜 경험을 많이 했다.

사람들이 스스로 초래한 부정적인 경험을 의심 많은 태도의 증거로 해석한다면, 눈 깜짝할 사이에 견고한 악순환이 일어난다. 내 가족은 믿지 않는 편이 더 낫다는 신념 체계를 이런 방식으로 발전시킨 것일까? 나는 과거에 불안이 내게 영향을 미친다는 것을 인정하지 않거나 지각하지 못했다. 우리가 다른 사람과 자신에게 불안한 사람으로 인식되기를 원치 않는 것 역시 인간적이기 때문이다. 우리 뇌는 두려워해도 완전히 합리적으로 기능하는 것처럼 행동하는 데 탁월하다. 그 결과, 우리는 오로지 자신을 믿고 가능한 한 독립적인 게 현명하다고 자신을 설득한다. 심지어 섬이 되는 것이야말로 명백히 어른의 삶이라고 간주한다.

불신과 '혼자서도 잘해요'라는 태도가 나와 내 관계에 해를 끼쳤다는 사실을 깨달은 뒤, 나는 '개 같은 태도'를 발전시키는 데 힘을 쏟고 있다. 나는 신뢰를 배울 수 있다고 확신한다. 여전히 부족하지만, 이를 위해 용기가 필요하다. 좋은 방식으로 인간에게 의존적이고 믿을 수 있는 것은 평생 '진행 중인 일'이다.

———

인간은 다른 사람이 필요해서가 아니라
다른 사람이 필요하지 않아서 불행하다.
인간은 개와 마찬가지로 단연코 섬이 아니다.

———

06

또 무의미는 무엇인가?
의미란 무엇인가,

내 안의 창을 열고

저 구름은 뚱뚱한 생선같이 생겼다.

이 구름은 뼈다귀 같고!

저기 뒤에 있는 구름은 춤추는 사람처럼 보여.

우리 바로 위에 있는 구름 속엔 크림을 듬뿍 얹은 케이크 조각이 있어.

저기에 개 머리가 둥실둥실 떠다니는 걸 보라고.

늘 영리한 말만 하는 개랑 닮았군.

스누피 말이야?

맞아, 스누피! 그 옆엔 치즈를 잔뜩 뿌린 스파게티가 커다란 접시에 담겨 있고.

🗿 대체 넌 왜 구름마다 먹을 게 보이냐?

🐂 진지하게 묻는 거야?

우리는 덴마크 어느 모래언덕 사이 평평한 땅에 앉아 따뜻한 봄
볕을 쬐고 있었다. 바람 한 점 없는 날씨에 벌레들이 윙윙거리며 바쁘
게 날아다니고, 들판과 갯보리 내음이 코를 찔렀다. 멀리서 파도 소리
가 희미하게 들렸다. 우리는 담요를 깔고 누워 파란 하늘에 우아한 자
태로 떠다니는 새하얀 구름을 관찰했다.

🗿 용이 날아간다!

🐂 저기 도그소시지가 날아다녀!

🗿 도그소시지? 핫도그?

🐂 어, 구름 속에서 이렇게 멋진 걸 볼 수 있다니 신나지?

🗿 그러게.

🐂 파도 소리도 들리고, 저 맛있는 물고기 모양 악보와 함께 봄

내 음도 맡고 좋지?

🗣 끝내줘!

🗣 행복을 위해 뭐가 더 필요하겠어, 안 그래?

🗣 아무렴, 완전한 행복이고말고!

겉눈질로 보니 야콥이 나를 쳐다보고 있었다.

🗣 무슨 일 있어?

야콥이 몸을 일으켜 축구 선수처럼 발을 바꿔가며 종종걸음 치더니, 구름을 쳐다보면서 낮은 목소리로 말했다.

🗣 우리가 지금처럼 바닷가에 있거나 산속에서 도보 여행을 할 때, 넌 집에 있을 때와 완전 딴판인 거 알아?

🗣 어떻게 딴판인데?

🗣 이곳에서 넌 구름 속의 용과 물고기를 보고 좋아하잖아. 그런데 집에선 하늘을 쳐다볼 생각도 안 해.

🗿 정말?

🐂 여기선 나랑 몇 시간을 들판에 앉아서 풍경만 볼 수 있어. 주위의 냄새와 적막함에도 기뻐하면서 모든 것에 만족스러워하지.

🗿 내가 집에선 안 그런다고?

🐂 응. 어쩌다 한 번 그러거나.

야콥이 평소와 달리 진지한 표정이었다. 이 주제가 마음에 걸리는 모양이다.

🗿 평상시엔 내가 몰두하는 수많은 일로 머릿속이 복잡해. 걱정할 때도 많고.

🐂 그 때문에 주위 냄새를 맡거나 구름을 바라볼 시간이 없다고? 진짜야?

🗿 시간이 부족하다는 게 이유는 아니야.

이 주제는 나를 불편하게 만들었다. 조금 전까지 구름을 보며 즐겁고 기쁘던 기분이 공기 속에 사라졌다.

🐕 집에 있을 때는 작은 기계 같은 걸 들여다보거나 정신없이 자판 두드리는 시간이 많아. 하지만 아름다운 걸 위한 시간은? 예를 들어 네가 TV에서 눈을 떼지도 않고 기막힌 냄새가 나는 음식을 게걸스럽게 먹어 치울 때가 얼마나 많은지 알아? 그런 때 넌 도대체 뭘 먹는지도 모를걸. 안 그래?

🐽 그럴 수도….

🐕 반려견 공원 벤치에 앉아서 온종일 전화로 떠드는 건 또 어떻고. 아름다운 경치를 보면서 기뻐하지도 않고, 내가 노는 모습을 보지도 않아.

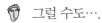야콥의 말이 다 맞았다.

🐕 여러 가지 일을 동시에 하면 대체 뭐가 좋아?

🐽 "그런 방법으로 많은 일을 해내죠"라고 답할 수 있겠네. 그냥 해본 말이야. 난 점점 여유가 없어지는 것 같아. 그래서 구름하고 다른 아름다운 걸 못 봐.

야콥이 다시 담요 위에 누워서 위로하려는 듯 나를 꼭 안았다. 나는 숨을 깊이 들이마셔야 했다.

🐾 개에게 세상은 저 구름과 똑같아. 언제든지 그 안에서 흥미로운 걸 발견할 수 있거든! 눈과 코와 귀를 활짝 열면 지루하지 않고, 무척 짜릿하고 살아 있는 걸 느껴. 너도 지금 그렇지?

🙂 제각각 다른 벌레 소리가 들려. 파도 소리가 바람이 부는 방향에 따라 변하고, 냄새와 구름 속의 빛도 계속 바뀌고.

🐾 어렵지 않지?

🙂 응, 내 안의 창을 열고 이 수많은 느낌을 모두 들여보내면 될 것 같아.

🐾 너희 인간은 왜 끊임없이 뭔가 중요한 일을 해야 한다고 생각하지? 아니면 시시껄렁한 걸 읽거나 보거나 이야기하고.

🙂 내가 시시껄렁한 데만 열중하는 건 아니라고!

🐾 어쨌거나 주위에서 일어나는 일을 대부분 놓치잖아. 재밌고 멋지고 맛있는 걸 죄다!

🙂 지금처럼 삶이 생동감 넘치게 느껴지는 날이 많으면 참 좋을 텐데.

🐮 그건 불가능해?

🗿 모르겠어… 아니야, 가능하고말고.

야콥이 고개를 끄덕이더니 격려하는 눈빛으로 나를 보고 환하게 웃었다.

🗿 나보다 훨씬 자유롭지 못한 사람이라면 너한테 무슨 말을 할지 궁금하다. 온종일 사무실에서 일하거나, 가게 계산대 뒤에 서 있거나, 일을 마친 뒤에도 수많은 의무에 매인 사람 말이야.

🐮 그런 사람들이 무슨 말을 하다니?

🗿 어쩌면 그건 그들이 누릴 수 없는 사치겠지. 처리할 일이 너무 많아서 충분히 생각할 시간이 없을 테니까.

🐮 자기 눈과 마음의 창을 활짝 열 시간이 없다고?

🗿 아마도….

🐮 사람들은 기분을 반드시 좋게 해준다고 볼 수 없는 걸 하는 데는 시간이 아주 많잖아.

🐚   맞아, 인간은 필요하지도 않은 물건을 사지. 별 볼 일 없이 몇 시간 내내 인터넷을 사용하고. 전혀 관계없는 사람들과 객쩍은 얘기를 나누기도 해. 당연히 TV도 보고. 실은 이 모든 것이 기분 좋게 만들어주진 않지.

🐄   내가 뭘 생각하는지 알아?

아콥이 몸을 똑바로 세우고 진지한 목소리로 말했다.

🐄   인간은 잊었을 뿐이야. 너희도 새끼일 때는 뭐든지 다 흥미를 느꼈잖아!

🐚   아이 때는 그랬지.

🐄   하지만 나이를 먹으면서 너희는 창문을 여는 일이 드물어. 그러다가 어느 날 창문이 있었는지 기억조차 못 하지!

아콥이 한 발로 내 머리를 부드럽게 어루만졌다.

🐚   흠….

🐄   너도 내담자들에게 잊어버린 걸 다시 배울 수 있다고 얘기하지 않아?

🗿 그럼.

🐄 넌 무조건 창문 여는 걸 다시 배워야 해!

🗿 그래야 해?

🐄 우리가 집에 있을 때도 일주일에 한 번은 같이 구름을 보는 거야, 알았지?

🗿 좋아.

🐄 함께 산책하러 갈 때 기계 같은 건 집에 두고.

🗿 에, 그건….

🐄 전화하는 대신 나랑 재미있는 걸 보자고.

🗿 내가 그걸 냄새 맡고 핥을 필요는 없지?

🐄 그건 한번 생각해보자….

다시 태어난다면

🗣️ 오늘 또? 가끔 난 널 정말…!

🐄 조심해! 그건 네 카마를 위해 유익하지 않으니까!

🗣️ 나의 뭐?

막 집에 돌아왔을 때 나는 당황해서 어쩔 줄 몰랐다. 바빠서 밖에 내놓는 걸 잊어버린 쓰레기 봉지의 내용물이 복도에 널브러져 있었다. 물어뜯기고, 여기저기 흩어지고, 수많은 조각으로 갈기갈기 분해돼서. 야콥은 내 신경이 좀 날카로운 날에 사고를 친다.

🐄 카마! 나한테 불친절하면 네 카마에 좋지 않다고.

🗣️ 아무래도 상관없어! 난 화가 치민다고! 꼭 이래야겠어?

🐄 진짜 쿨하지 못하게…. 난 혼자 있는 게 심심했어. 넌 몹시 흥

미로운 냄새가 나는 봉지를 저기 세워뒀고. 난 자세히 보고 싶었을 뿐이라고.

🐽 말해 뭐 해. 당연히 그 멋진 걸 찢어발겨야 했겠지. 그건 쓰레기라고. 너도 알다시피 쓰레기 봉지는 그 호기심 많은 코를 위해 세워둔 게 아니라고. 제기랄!

  지금은 기억나지 않는 거북한 말을 몇 마디 더 내뱉은 것 같다. 야콥은 바구니 집에서 얼굴을 벽 쪽으로 하고 앉았고, 기분이 좋지 않았다. 나는 난장판이 된 복도를 치우고, 바닥을 닦고, 어느 정도 분노가 가라앉은 뒤 야콥에게 화해하는 투로 물었다.

🐽 정말 필요한 게 뭐였어? 쓰레기 봉지를 찢으면 내가 화낼 걸 너도 알잖아, 안 그래?

🐮 그게 그렇게 흥분할 일이야? 너도 맛난 게 들어 있는 봉지를 내가 가만히 둘 수 없다는 걸 알잖아.

🐽 나도 지칠 때가 있어.

🐮 다시 말하는데, 나한테 큰 소리로 말하고 못되게 구는 건 네 카마를 위해 아주 좋지 않아.

🗿 대체 무슨 말이야?

🐂 그걸 몰라? 이생에서 나쁜 짓을 하면 다음 생에 감점을 받아.

🗿 아, 카르마! 네가 언제부터 환생을 믿었다고 그래?

🐂 내가 인도에서 태어났다는 걸 잊었어? 우린 카마를 믿어.

　　대화는 예상치 못한 반전을 가져왔다. 나는 야콥의 유도작전에 말려들었다.

🗿 카르마, 카르마라고. 어디 한번 맞혀볼까. 넌 이 말을 바닷가 요가 선생에게 얻어들었지?

🐂 아니야, 칼리가 얘기해줬어. 걔네 가족은 다 불교 신자거든. 칼리가 내 출신 때문에 우주의 신비로 들어가는 통로가 있다고 했어. 암, 나한테 있고말고.

🗿 그렇군.

🐂 넌 생사가 영원히 돌고 돈다는 걸 믿지 않아?

🗿 난 사후의 삶이 존재한다는 건 사실이 아니라고 봐.

🐕 정말? 왜?

🗿 난 정신이 뇌에서 만들어진다고 생각하거든. 정신을 포기하는 순간 끝이고.

야콥은 특유의 실용적인 방법으로 육체와 정신의 이원론과 마주쳤다.

🐕 난 그게 굉장한 거라고 봐! 내가 아주 착하고 좋은 개이기 때문에 다음 생에는 굉장히 좋을 거라고.

🗿 네가 인간으로 태어날 거라서?

🐕 말도 안 돼! 다음 생에 난 사랑스럽고 늘어진 귀에 예쁜 연갈색 점이 찍힌, 더 똑똑한, 평균 크기 개로 태어날 거야.

🗿 지금 모습 그대로?

🐕 그럼! 이 이상 어떻게 더 좋아?

🗿 이제 알겠군, 축하한다. 내 카르마는 보시다시피 유감스러운 점이 좀 많아서, 난 네 사람으로 다시 태어날 기회를 얻지 못할 거 같은데….

야콥은 이런 생각을 지금까지 깊이 해보지 않은 모양이다.

🐂 오, 그건 정말 슬픈 일인데. 네가 가끔 짜증 나게 할 때가 있지만, 난 다음 생에도 너와 함께 있고 싶어.

🗿 거참.

🐂 그러니까 앞으로 조금만 더 노력해봐, 응?

🗿 좋아, 노력하지. 네가 쓰레기 봉지와 못 쓰는 종이를 가만히 두려고 노력한다면. 콜?

🐂 넌 가끔 참 쩨쩨해.

사랑스러운 야콥이 복도로 사라졌다. 남은 쓰레기가 없는지 확인해보려는 것 같았다. 거실로 돌아온 야콥은 크고 검은 코로 나를 툭툭 치면서 물었다.

🐂 여기 사람들은 너처럼 죽으면 모든 게 끝난다고 생각해?

🗿 대다수 사람은 칼리처럼 불교 신자가 아니더라도 다시 태어난다고 믿어. 자신이 천국에 갈 거라고 믿는 사람들도 있고.

🐂 거기가 어딘데?

🗿 천국은 모든 게 완벽하고 아름다운 곳이야. 기막히게 맛있는 최고급 음식이 가득한, 어쩌면 네게 가장 흥미로운 곳일지도 모르겠군. 원하는 대로 먹을 수 있고. 어떤 사람들은 그렇게 믿어.

🐂 와, 짱이다! 종일 피자를 먹을 수 있고, 그게 건강하지 않다며 짜증 나게 하는 사람도 없어?

🗿 맞아.

🐂 거긴 가고 싶으면 갈 수 있어? 아니면 뭔가를 해야 하나?

🗿 천국에 가려면 착한 행동을 하고 이웃에게 친절해야 한다고들 하지. 카르마와 별반 다르지 않아.

🐂 아주 훌륭한 말이다.

🗿 하지만 그 속에 함정이 있어. 사람들은 천국에 갈 자격을 얻기 위해서 탐욕, 섹스, 이기주의, 무절제한 식사 등 많은 걸 포기해야 한다고 생각해.

🐂 천국에서 무절제한 식사를 할 수 있으려면?

🗿 거의 그렇다고 할 수 있지.

야곱이 나를 뚫어지게 쳐다봤다.

🐂 참 기이하네. 지금 난 자제해야 하고, 내 행복을 생각해선 안되고, 먹는 것까지 포기해야 한다고?

🗿 그 보상으로 받는 파티가 영원하잖아. 멋진 삶이 수천 번 계속되거나.

🐂 그렇지 않으면?

🗿 뭐가?

🐂 나를 행복하게 해주는 멋진 걸 수없이 포기했는데, 끝에 가서 "거봐, 천국이나 환생도 별 볼 일 없잖아!"라는 말을 들으면 어떡하냐고?

🗿 그게 바로 이 문제의 함정이야. 함정에 빠질 위험을 감수하지 않으면 피자도 없지.

🐂 또다시 어쩔 수 없는 인간이군. 너희에겐 항상 마지막에 함정이 있다니까!

🐮 그게 참.

🐂 남에게 나쁜 짓 하지 않기, 이건 할 수 있어. 섹스? 이건 그만 잊어버려.

야콥은 중성화 수술을 받았다.

🐂 하지만 내 건강한 식욕을 억제하라니, 그것도 평생?

🐮 얼굴이 창백하네.

🐂 난 노력의 중심을 현생에 둬야겠어.

🐮 계속 쓰레기 봉지를 찢어발기면서 나를 화나게 하고?

야콥은 긍정하는 뜻으로 천진난만하게 웃으면서 은근슬쩍 넘어가려고 했다.

🐮 네 행동의 결과가 기다리는 게 다음 생이 아니면 어떡할래?

🐂 뭐?

🐮 이를테면 조금 전과 같은 행동을 할 때, 오늘 당장 개 드라마

를 볼 수 없다면 어떡할 거냐고?

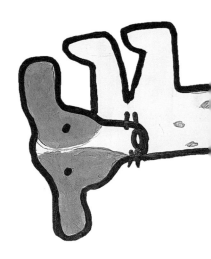 그럼 넌 완전 비열한 놈이지! 네 카마를 순순히 잊는 게 좋을걸! 다음 생에 네가 아주 뻔뻔하고, 멍청하고, 똥오줌 못 가리는 개와 산다고 해도 난 전혀 놀라지 않을 거라고!

협박이야?

그럴 리가, 카마지.

자동차와 고무 닭

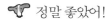 정말 좋았어!

나도.

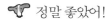 벨라랑 너무 재밌었어! 걘 정말 한없이 착해!

　야콥은 내 친구 크리스티네와 그녀의 반려견 벨라 집을 방문하고 행복에 들떴다. 지하철을 타고 오는 길에 가만히 있지 못하고 흥분해서 종종걸음을 쳤다.

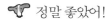 참, 벨라가 가진 거 나도 가질 수 있어? 우리가 가지고 놀던 거 말이야.

그 고무 닭?

 어, 최고 좋은 걸로!

야콥과 벨라는 몇 시간 내내 그것에 정신이 팔렸다. 고무로 만든, 깃털이 모조리 뽑힌 모조품 닭은 그야말로 혐오스러웠다. 하지만 취향은 천차만별이다. 특히 개와 인간의 취향은.

🐶 알았어, 다음에 사료 가게에 가면 한번 보자.

🐕 그건 엄청 비싸?

🐶 잘 모르겠는데. 왜?

🐕 그거랑 놀면 너무너무 재밌걸랑!

🐶 그러니까 재미가 없으면 싸겠네, 아주 재밌으면 비싸고?

🐕 당연한 말씀! 왜 그렇게 웃어?

🐶 시장경제에 온 걸 환영한다. 유감스럽지만 꼭 그렇진 않아. 대개 재미는 값과 거의 상관없어.

🐕 정말 인간은 자기를 기쁘게 하지도 않는 것에 돈을 많이 써?

🐶 그런 경우도 있어. 그 반대일 때도 있지, 고무 닭처럼.

아콥이 종종걸음을 멈추고 지하철 바닥에 앉아 도시 풍경을 감상하다가 물었다.

🐮 얼마 전에 게르트가 산 자동차 있잖아, 그거 비싸?

🗿 그럼, 그 차는 정말 비싼 거야!

🐮 그런 거 같아. 게르트는 자동차를 보고 오래 좋아하진 않았어, 그치?

🗿 왜 그런 생각을 해?

🐮 게르트는 그 자동차를 사기 전에 한마디도 안 했어. 먹을 게 듬뿍 담긴 밥그릇 앞에 있는 개처럼 눈은 반짝반짝 빛나면서. 너한테 차를 보여줄 때 완전 신이 났고 자랑스러워했지. 그런데 어제는 아무 말도 없었잖아.

🗿 그런 일은 인간에게 아주 흔해. 우리는 뭔가에 돈을 많이 들이고, 그것에 행복감을 기대하지. 하지만 며칠 혹은 일주일도 지나지 않아 당연한 일이 되고, 그 생각조차 안 해.

🐮 그럼 더는 행복감이 없어?

🗿 없어.

야콥이 다시 창밖을 잠깐 바라봤다.

🐄 나랑도 그랬어? 내가 집에 오고 몇 주가 지난 뒤에 너도 행복하지 않았냐고.

🗿 말도 안 돼! 이건 전혀 다른 문제야. 넌 물건이 아니잖아.

내가 몇 주 뒤 야콥에 대한 사랑과 관심을 잃어버릴지 모른다는 생각만 해도 가슴이 아팠다.

🗿 인간은 가끔 다른 사람 덕분에 누린 행복을 잃어버리곤 해. 오랫동안 정말 좋아했으면서도 말이야. 하지만 자기 자녀와 개는 절대로 아니야! 그들이 말썽을 부린다고 해도.

🐄 그 말을 들으니 안심이 된다.

야콥이 아무렇지 않은 척 말했다. 야콥은 진지하게 다른 말을 할 생각은 못 했을 거다.

🐄 저 쪼그만 거 사는 데 틀림없이 돈을 많이 줬지?

내 아이폰? 맞아, 싸다고 할 수 없지.

비눗방울 장난감은? 그것도 비싸?

아니.

우리가 자주 가는 공원 입장권은?

싼 편이야. 게다가 넌 공짜고.

우리가 거기서 최고로 재밌게 노는데?

얼마 전에 네가 아주 좋아한 야외극장도 무료야. 그 유치찬란한 개 영화를 본 데 있잖아.

맞아, 그건 아주 근사했어! 풀밭에 앉아 맛있는 걸 씹으면서 어마어마하게 큰 TV로 영화를 봤지.

아콥이 다시 골똘히 생각에 빠졌다.

게르트의 자동차를 살 만한 돈을 가지고 공원과 야외극장에 얼마나 많이 갈 수 있을까?

웃음이 나왔다. 어떤 인간이 이런 걸 조목조목 계산해볼 생각을 하겠는가! 나는 곰곰이 생각했다.

🗿 아주아주 많이 갈 수 있어. 최소한 5000번?

🐂 뭐라고?!

야콥이 깜짝 놀란 얼굴로 나를 올려다봤다. 10이 넘는 숫자를 알 턱이 없는데, 야콥은 5000이 아주 많다는 걸 이해했다.

🐂 공원이나 극장에 온 사람들을 자세히 봤어? 그들은 대부분 밝게 빛났는데, 거기 있는 걸 기뻐했기 때문이야. 도시 속 사람들보다 훨씬 여유로웠고.

🗿 맞아. 우리가 유람선을 타고 엘베강 반대쪽을 지나갈 때나, 일요일마다 오랫동안 산책할 때 마주치는 사람들의 행복한 모습을 볼 때도 그런 생각을 해. 심지어 공짜로!

🐂 그러니까 이 모든 건 행복에서 수지가 맞지 않는군.

🗿 무슨 뜻이야?

🐂 자동차나 아기폰은 고급 물건인지 몰라도 너희 삶을 훨씬

더 행복하게 만들어주진 않잖아.

🗿 그렇게 말할 수도 있겠군.

🐂 너희는 그런 걸 사는 데 필요한 돈을 벌려고 미친 듯이 일하면서 수입이 충분하지 않다고, 더 많이 필요하다고 자꾸자꾸 불평하지. 일을 너무 많이 해야 한다고 하거나.

🗿 맞는 말이다.

🐂 그래서 많은 사람이 자신을 위한 시간이 없는 거 아냐? 공원이나 극장에 갈 시간도 없고.

🗿 그 말도 맞아.

야콥은 천천히 머리를 흔든 다음 동정하는 눈길로 나를 봤다. 앞으로 무슨 일이 벌어질지 감이 왔다.

🐂 너희는 자기가 똑똑하다고 믿어. 숫자에 강하다는 착각에 빠지기도 하지.

🗿 나 참….

🐾 그래, 난 소학(수학)에 약할지 몰라. 걔들은 원래 그러니까. 하지만 너희의 계산이 앞뒤가 안 맞는 건 알아! 아기폰을 살 돈으로 고무 닭을 아주 많이 사고, 공원에 가고, 재미난 영화를 볼 수 있어. 유람선도 타고.

🗿 그건 의심할 여지가 없군.

🐾 값비싼 차와 너희가 쌓아놓기 좋아하는 완전 쓸모없는 쓰레기 같은 걸 사지 않으면, 일을 좀 덜 해도 될 거야. 햇빛을 받으면서 더 자주 산책할 수 있고, 비눗방울을 잡으러 더 많이 뛰어다닐 수도 있고.

🗿 경제학자는 네 말에 격렬히 반박하고 나설 거야.

🐾 어째서?

🗿 경제는 사람들이 돈을 많이 벌어서 많은 걸 살 때 제 기능을 발휘하니까.

🐾 일을 많이 하는 사람이 없고, 물건을 많이 사려고 하지도 않을 때는?

🗿 경제가 몰락하지.

🐂 그래?

🗿 아무 일도 못 할 거야.

🐂 그럼 너희는 뭘 할 수 있어?

🗿 돈이 덜 드는 일만 할 수 있겠지.

🐂 더 자주 공원에 가는 것처럼?

🗿 예를 들면.

🐂 비눗방울을 불고.

🗿 가끔.

🐂 그렇게 되면 네가 내 고무 닭 가지고 노는 걸 허락할게.

🗿 정말 그렇게 되면 누가 아이폰이 필요하겠어.

🐂 드디어 정신을 차렸구나. 네가 참 자랑스러워!

어쩔 수 없을 때

야콥과 나는 엘베강을 따라 도시 밖으로 나가는 길을 걸었다. 짙은 먹구름이 오랫동안 따라다니더니 점점 우리를 따라잡았다. 빠른 속도로 걸어도 아무 소용 없고, 굵은 빗방울이 내리기 시작했다. 우리는 홀로 선 나무 아래 간신히 몸을 피했다. 나뭇가지에 몸을 바싹 붙이고 소나기가 지나가기를 바랐다.

하지만 엄청난 비가 들이닥치기까지 오래 걸리지 않았다. 가벼운 여름 재킷은 비를 감당하지 못하고 함락되기 일보 직전이었다. 나는 본능적으로 어깨를 웅크리고, 머리를 떨구고, 몸의 근육을 있는 대로 수축시켰다. 반대로 이 우주에 사는 개 중에서 물을 가장 무서워하는 야콥은 여유롭게 앉아 쏟아지는 비를 맞았다. 야콥이 인상을 잔뜩 찌푸리고 필사적으로 서 있는 내게 측은한 눈빛을 보냈다.

🐾 몸을 웅크리면 비를 덜 맞는다고 생각해?

🙂 에, 그게… 아니.

🐾 긴장 좀 풀어.

🗿 추워.

🐂 나도 마찬가지야.

🗿 비가 지긋지긋해!

🐂 나도 그래.

🗿 그만 집에 갈래, 따뜻한 벽난로 앞으로.

🐂 그러시든가.

　　고작 이런 비 때문에 불쾌해하는 꼴이 얼마나 유치한지 잘 알지만, 여유 있는 야콥 앞에서 더 초라하고 무력할 수밖에 없었다. 야콥은 몇 마디 훈계할 기회를 아주 잘 이용했다.

🐂 넌 근육이 수축하면 스트레스가 심해진다고 사람들에게 설교조로 말하지?

🗿 경우에 따라서.

🐂 조금만 긴장을 풀면 네 이론을 몸으로 느낄 수 있지 않을까?

🗿 흠….

나의 내적 통치권은 지금 전혀 부응하지 못했다.

🗿 젠장, 넌 왜 화를 내지 않아? 인도 개라서? 넌 햇볕이 쨍쨍 내리쬐는 데서 자랐잖아!

🐕 금발 아저씨, 좀 진정하세요.

🗿 이 빌어먹을 비를 홀딱 맞으면서 누구를 부처로 만들다니!

🐕 다시 어린애가 됐네.

유감스럽지만 반박할 수 없었다.

🗿 됐다, 내가 졌다.

🐕 좋아.

아콥이 다소 깔보는 눈으로 나를 올려다봤다. 그나저나 속옷까지 흠뻑 젖었다. 내가 졌다.

🐕 우린 지금 다 젖었어. 어쩔 수 없잖아. 할 수 있는 일도 없고.

🗿 아무것도 없지.

사실 고집불통 내면의 아이가 말한 것과 달리 나는 전혀 춥지 않았다. 내려놓을수록 기분이 나아졌다. 심지어 나 자신을 보고 조금 웃기까지 했다.

🗿 우리가 긴장하고 투덜거린다고 해서 덜 젖는 건 아니라는 말이 마음에 들어. 진부하지만 옳은 말이야.

🐄 너희 같은 종에겐 그다지 자명한 건 아니잖아?

🗿 뭐라고?

🐄 너희는 어쩔 수 없이 안 좋은 것과 마주치는 일이 많잖아. 내키지 않는 약속이나 부담스러운 과제 같은 거 말이야. 누가 길을 양보하려 들지 않을 때나, 플라스틱을 뻔뻔하게 종이 버리는 곳에 던질 때도 있고.

🗿 맞아, 화낼 일이 널렸지. 사랑하는 이웃이 우리가 싫어하는 행동을 할 때 특히 그래.

🐄 얼마 전에 새 장난감이 든 상자가 안 왔다고 네가 펄펄 뛴 일 기억해?

야콥은 내가 흥분한 일을 재미있어했다.

🗿 기억하고말고! 그놈은 우리 집 초인종을 누르지 못할 정도로 게을러빠져서 그 멋진 모니터를 배송할 수 없다고 반품해버렸잖아. 파렴치한 놈 같으니!

🐂 그렇긴 해.

🗿 난 또다시 불평불만을 퍼부었지!

🐂 달라진 건 하나도 없었지만….

🗿 그래.

🐂 네가 뭔가 바로잡을 수 있는 상황에 대비해 스트레스 호르몬을 남겨놓는 게 더 현명하지 않았을까?

🗿 그럴 수 있지만, 분노를 표출하는 건 매우 인간적이라고.

🐂 인간적이기야 하지. 바로 그게 문제야! 너희는 자신이 가끔 마약 한 다람쥐처럼 행동한다는 걸 전혀 눈치채지 못해.

🗿 마약을 어떻게 알아?

🐾 그건 상관없는 일이라고. 너희가 제대로 화내는 게 중요해. 내 말 맞지?

😐 흠….

🐾 지난번에 어떤 내담자에게 신경생학 어쩌구저쩌구는 계속 화나는 걸 그대로 두는 데 아무런 의미가 없다고 하지 않았어?

😐 신경생물학적. 내가 그렇게 말했다고?

🐾 "뇌는 근육과 같아요. 그래서 우리가 자주 소환하는 생각과 감정은 그 힘이 점점 강력해지죠"라고 말한 것 같은데.

😐 맞는 말이야.

나는 작은 소리로 인정했다.

🐾 엊그제 네가 공사장에서 나는 소음 때문에 짜증을 부린 것도 그래. 내가 농촌으로 이사 가면 좋겠다는 건설적인 제안을 내놓았는데, 넌 들으려고 하지도 않았어. 짜증만 더 냈지.

😐 내가 아는 어떤 개는 다른 개가 인상을 쓰기만 해도 몹시 흥분해. 자기가 방금 오줌을 갈긴 가로등 기둥에 사냥개가 영역 표

시를 할 때도 그러지.

🐂 당연하지! 개는 그렇게 뻔뻔스러운 행동을 보면 넘어가지 못한다고! 우리의 차이점이 뭔지 알아?

🗿 겁난다.

🐂 개는 말하고, 짖고, 으르렁대야 할 때 말하고, 짖고, 으르렁대지. 그다음 속도를 낮추고 삶의 아름다운 것을 보살펴.

🗿 인간은 몇 시간이고 화를 내고?

🐂 바로 그거야. 화내도 달라지는 게 없는데 그래.

🗿 이를테면 다 큰 남자가 나무 아래서 비를 맞고 뻣뻣하게 굳은 몸으로 세 살 먹은 어린애처럼 칭얼거릴 때?

야콥이 씩 웃었고, 나도 웃었다. 우리는 잦아드는 듯한 빗소리에 귀 기울였다.

🐂 난 전에 살던 바닷가에서 명상 선생님이 하는 말을 주의 깊게 들었어. 그들은 바꿀 수 없는 걸 다루는 법을 가르쳤지. 예를 들면 바닷가에 앉아 자신은 파도를 멈출 수 없다는 말을 되풀이

하면서 자각하는 거야. 흥분했을 때는 '내 몸은 뜨겁고, 난 이것을 바꿀 수 없다'고 마음속에 그리고.

🗣️ 너도 해봤어?

🐕 물론! 그건 나한테 진짜 유용했어. 배가 무척 고픈데 먹을 게 없어서 절망할 때 그대로 해봤어. 누가 나한테 못되게 굴어서 슬프거나 화가 날 때도. 나쁜 일을 받아들이는 걸 그때 배웠지.

🗣️ 그에 비하면 비를 받아들이는 건 대단한 일이 아니네, 그치?

🐕 암, 이건 초짜 수준이지. 나도 집에서 따뜻한 벽난로 앞에 있고 싶지만, 그렇다고 이 상황을 바꿀 수 있어? 게다가 비는 그저 물이야.

🗣️ 맞아, 비는 물일 뿐이야.

이렇게 똑똑한 개가 내 가장 친한 친구라는 게 무척 기뻤다.

가장 큰 행복은

🐾 더 뛸 수 없을 때까지 아주 빨리 뛰는 것!

🐶 내겐 사랑하는 사람들, 사랑하는 개와 함께 있는 게 커다란 행복이야.

🐾 아 맞다, 행복은 누구에게나 있는 것!

🐶 행복은 당연히 카페라테에 달콤한 케이크지!

🐾 피자!

🐶 우리가 함께 〈래시〉를 볼 때 네가 열광하는 모습.

🐾 이 귀여운 민들레 씨가 코를 간지럽힐 때.

🐶 바다에서 해가 뜨거나 지는 광경을 바라보는 것.

🐕 여름에 풀밭을 산책하는 것. 그때 풀과 꽃들이 내 배를 쓰다듬는 느낌.

🙂 누가 길이나 지하철에서 널 보고 미소 지을 때.

🐕 내가 너의 개라서 아주 기쁘다고 네가 말해줄 때.

🙂 우리가 특별히 멋진 하루를 보내고 잠잘 때 배 속에서 느껴지는 따뜻함.

🐕 배가 아플 때까지 소시지를 먹는 것.

🙂 행복은 자유롭게 느끼는 거야.

🐕 가장 큰 행복은 우리가 세상에 존재하는 거지, 안 그래?

🙂 그거야말로 가장 큰 행복이지!

지금 이 순간을 사는 법

🐢 나 지금 심심해.

🐢 쉬어.

🐢 쉬고 있어. 얼마나 쉬었는데!

🐢 그럼 가만있어.

🐢 여긴 지루해.

🐢 넌 여기서 쉬는 법을 배울 필요가 있어.

야콥에게 쉬는 건 어려운 일이 아닌 모양이다. 무더운 여름날, 우리는 몇 시간째 엘베강가 나무 그늘에 누워 있었다. 나는 책을 읽다가 꾸벅꾸벅 졸기도 하고, 사람들과 개들을 관찰하다가 마침내 한계에 도달했다. 야콥은 낮잠을 자고, 간식을 먹어 치우고, 개들을 구경하다가 몇 번 으르렁대며 시간을 보냈는데, 지루한 기색은 없었다.

넌 여기서 종일 누워 있을 수 있지?

맛있는 것만 있으면 그러고도 남지.

넌 지루한 걸 몰라?

알잖아, 개들은 이 순간을 산다고. 우리는 나면서부터 깨우친 존재야. 지루하다는 말이 뭔지 몰라.

야콥은 얼마 전 상담 시간에 '지금 여기'라는 말을 들었다. 스트레스에 시달리는 내담자는 일부터 반복되는 일상생활, 관계 문제까지 수많은 생각이 머릿속에 넘친다고 호소했다. 나는 생각의 홍수에서 잠시 벗어나 내적으로 안정을 찾게 도와줄 몇 가지 간단한 기술을 설명했다. 진리와 현실은 오직 지금 여기에 존재한다고 전하는 주의와 불교의 명상에 관해서도 이야기를 나눴다.

야콥은 열광했다! 온전히 이 순간을 사는 법을 잘 아는 불교 대가들의 설법은 대체로 야콥에게도 해당하는 말이었다. 야콥은 언제나 현재를 살았다. 개는 먹을 때 먹고, 놀 때 논다. 썩은 생선을 몸에 끼고 뒹굴어도 그 일에만 신경 쓴다. 지금 뭘 하든 그들이 미래나 과거에 대한 생각 때문에 정신적으로 방해받는 법은 없다. 그들이 도달한 결론은 이렇다. 개들은 불교 대가들과 비슷하게 깨달은 존재다. 그들은 마땅히 존경받고 존중받아야 한다.

🐢 갑자기 내일 수의사네 가야 한다는 게 떠올랐어. 예방접종 날짜가 코앞인데.

🐂 싫어, 안 갈래! 주사가 얼마나 아프다고!

야콥의 깨달음이 순식간에 사그라진 듯 보였다. 내가 수의사를 만나야 한다고 말한 것은 잔인하고 깨달음에 한참 먼 처사지만, 내 안의 작은 악마에게 저항할 힘이 없었다.

🐂 네가 오늘 하루를 다 망쳤어!

🐢 무슨 말인지 모르겠는데.

나는 모른 척했다.

🐂 네가 이 순간을 산다고? 귀중한 시간을 내일 해야 할 일 생각으로 낭비하면서?

🐢 골칫덩이 같으니!

나는 야콥을 쓰다듬으면서 한 차례 어르고 달래고, 계속 과자를 줘서 예고된 고통을 잊게 했다. 야콥이 곧 우리의 실존이라는 물음으로 화제를 돌렸다.

🐂 너희는 대체 이 순간을 즐기는 게 왜 그렇게 어려워?

🐵 너희보다 생각할 게 훨씬 많아서? 우리 삶은 먹기, 놀기, 으스대는 행동만으로 돌아가지 않거든.

🐂 쳇!

이 말은 야콥에게 분명히 모욕적이었다. 야콥은 강가에서 일어나는 일로 주의를 돌리고 싶어 했고, 나는 여전히 따분했다.

🐵 심심해 죽겠어!

🐂 흠….

🐵 '지금 여기' 얘기가 100퍼센트 맞는지 의심스러워. 명상할 때 그것과 한 몸이 되는 게 완벽하긴 해도 말이야.

🐂 흠.

🐵 그렇다고 늘 그런 건 아니고. 휴가 때 찍은 사진을 보는 것처럼 가끔 아름다운 순간을 기억하는 것도 멋지지 않아?

🐂 그럼, 최고지!

🗿 미래에 일어날 좋은 일을 계획한다거나. 우린 지금 오늘 저녁에 뭘 먹고, 그다음 뭘 할지 생각할 수도 있다고.

🐂 멋진 말이야!

🗿 그러니까 '지금 여기'가 유일한 희망은 아니잖아?

🐂 최근에 네가 베른트랑 이야기한 게 방금 생각났어. 그 친구도 얼마간 명상 같은 걸 했잖아. 그리고 완전 실망했지. 아무리 노력해도 어떻게 '지금 여기 있음'에 이르는지 모르겠다고 하소연한 거 기억해?

　　베른트는 대단히 실망했다. 몹시 골치를 앓고 긴장했다고 자책하기도 했다. 날마다 연습해도 진척이 없었다. 우리가 함께 있을 때 베른트는 "지금도 아니야. 난 내일 해야 할 일을 생각하지 않는 게 안 돼!"라고 토로했다.

🐂 난 베른트가 참 좋지만, 긴장을 풀기 위해서 왜 그렇게 애쓰는지 이해가 안 돼. 그게 안 된다고 자신을 깎아내리는 것도.

🗿 나도 마찬가지야….

🐂 내일을 생각하면 진짜로 뭐가 그렇게 극적으로 달라지나?

🗿 우리 둘 가운데 깨달은 양반, 넌 그게 나쁘다고 생각해?

🐂 아니야, 그것 때문에 머리가 완전히 돌지 않는다면.

🗿 안심이군!

🐂 너희는 왜 항상 간단한 일을 크게 만들어? 여기 모래밭에 누워서 하루를 즐긴다? 최고지. 내일에 대한 생각이 불현듯 났다? 그럴 수 있어. 기분을 망칠 정도로 생각한다? 그건 억제하는 게 좋아. 그게 정말 그렇게 어려워?

🗿 깨달은 스승님, 지금 여기서 심심할 때는 어떡해요?

🐂 저기 뒤에 있는 소시지 가게에 가면 돼.

🗿 난 채식주의자야!

🐂 난 아닌데.

영원히 산다면

🐮 네 친구 파울라가 정말 여기에 묻혔다고?

야콥이 파울라의 무덤을 말없이 바라보다가 물었다.

🗿 응, 화장해서 유골을 여기에 묻었어.

🐮 나도 언젠가 죽지? 너는 나도 화장해서 묻을 거야?

🗿 우리는 언젠가 다 죽어. 네가 나보다 먼저 떠나면 화장해서
땅에 묻어줄게. 괜찮지?

🐮 그럼. 그때 넌 슬퍼할까?

🗿 생각만 해도 벌써 슬퍼.

나는 목이 메고 눈이 촉촉해졌다.

🐮 네가 죽으면 난 계속 살 수 있을까?

🐵 그럴걸.

🐮 끔찍한 생각이야. 그때처럼 네가 떠나고, 절대로 돌아오지 않으리란 걸 명확히 안다는 게.

야콥의 눈에 고인 눈물을 봤다. 우리는 파울라의 무덤가에서 어느 날 서로를 잃는다는 생각으로 슬펐다.

🐮 난 언젠가 내가 존재하지 않는다는 게 전혀 나쁘지 않아.

🐵 죽음이 두렵지 않아?

🐮 어. 내가 존재하지 않으면 어차피 더는 알 수 없잖아.

🐵 맞는 말이네.

🐮 어쩌면 다시 태어나거나 천국에 갈 수도 있고.

🐵 그래도 난 죽는 게 좀 무서워.

🐮 인간은 자기 죽음에 대해서 아주 많이 생각하지?

죽는다는 생각은 우리에게 큰 영향을 미쳐. 난 대다수 사람이 가능한 한 오래 살기를 바란다고 봐.

가능하다면 죽고 싶지 않아?

죽지 않는다는 생각이 큰 위로가 되긴 하지. 우리에게 시간이 영원하다면….

그러면 너희는 훨씬 더 행복할까?

좋은 질문이야. 어쨌든 사람들은 멋진 일을 끝없이 체험하고, 영원히 배우면서 늘 발전하겠지. 시간에 대한 압박감도 사라질 테고.

아홉이 골똘히 생각하다가 말했다.

내 생각엔 아주 어리석은 사람만 그런 걸 바랄 거 같아.

어째서?

네가 게을러서 혹은 중요한 일을 처리하느라 얼마나 많은 멋진 일을 내일로, 다음 주나 다른 날로 미루는지 생각해봐. 아니면 그게 불편하거나 두려워서.

🗿 그건….

🗿 너한테 시간이 무궁무진하다면 아무 일도 안 할 것 같지 않아? 그 일을 다음 세기로 미룰 수 있을 테니까.

🗿 일리 있는 말이네. 어쩌면 우리는 내내 빈둥거리다가 우울증에 걸릴지도 모르지.

🗿 비르기트는 예외야. 그녀는 늘 뭔가 하고 있어.

🗿 맞아, 비르기트는 아기 원숭이 태엽 인형처럼 영원히 할 일 리스트를 완수하고야 말걸.

우리는 웃었고, 항상 부지런을 떠는 내 동료를 생각하는 것으로도 우울한 기분이 한층 나아졌다.

🗿 네 말이 맞을지 몰라. 우리는 영원한 삶이나 이런 상태에서 행하는 것을 절대 알 수 없겠지. 수천 번씩 되풀이하는 게 무슨 가치가 있겠어? 자기 마음대로 언제든 돌아올 수 있다면 아름다운 곳에서 휴가를 제대로 즐길 수 있을까?

🗿 너희가 수많은 사람을 무한대로 만날 수 있다면 어떻게 다른 사람과 사귀겠어?

🗿　어쩌면 우린 우정을 더 많이 가꿀지도 몰라. 영원히 지속해야 할 테니까.

🐂 그러네.

🗿　이 모든 상황을 자세히 보면 영원히 사는 걸 선뜻 선택할수 없겠군.

🐂 죽는다는 생각이 널 두렵게 해도?

🗿 그래. 어쩌면 삶이 유한하기 때문에 놀랍지 않겠지.

　야콥이 고개를 끄덕였다.

🐂 파울라의 삶은 좋았어?

🗿 파울라에게 물어보면 아주 멋진 생이었다고 할 거야. 비록병들었지만 파울라는 죽음에 대한 두려움으로 시간을 허비하지않고 삶을 맘껏 누렸어. 어쩌면 아프기 전보다 많이 누렸는지도몰라. 파울라가 한 손에 커피잔을 들고 햇빛을 받으면서 우리 집정원 벤치에 앉아 있는 사진 봤지? 그때만 해도 파울라는 상태가아주 좋았는데….

🐄 파울라가 지금 여기 우리 집에 있으면 참 좋을 텐데.

🙂 파울라도 아주 좋아할 거야!

　　내 벗이 곁에 앉아서 우리와 함께 아름다운 하루를 즐기는 모습을 상상했다. 별안간 야콥이 고개 돌려 나를 보더니 활짝 웃었다.

🐄 갑자기 그 영리한, 그림 속의 개가 한 말이 떠올랐어.

🙂 스누피가?

🐄 찰리 브라운이 "우린 언젠가 다 죽어"라고 하니까 스누피가 말했어. "하지만 다른 모든 날은 죽지 않잖아!"

　　우리는 서로 바라보며 미소 지었다.

🐄 우리는 오늘 죽지 않아, 그치?

🙂 그럴 확률은 거의 없지.

🐄 그럼 정말로 멋진 일을 해야지!

🙂 피자를 주문하라는 말이지?

아주 멋진 생각이야! 배 속에 피자가 잔뜩 들어 있으면 우리의 유한성에 관한 생각도 훨씬 쉽게 견딜 수 있어.

피자가 모든 실존적인 물음에 대한 답이라니, 그저 놀랍다.

더 좋은 게 있나?

그럴 리가!

내 삶의 의미는

🐾 그거 예쁘다.

😊 정말 예쁘네!

　　내 옆에 자기 방석을 깔고 앉은 야콥에게 동감을 표시했다. 밖은 매서운 겨울바람이 휘몰아치고, 벽난로에서 불이 활활 타올랐다. 오늘은 강림절 세 번째 일요일, 크리스마스 장식으로 단장한 거실이 아늑했다.

🐾 동물과 사람이 들어 있는 이 쪼그만 집도 예뻐. 흰 모자를 쓰고 작은 침대에 누워 있는 파란 인형이 다른 것들이랑 어울리지 않지만.

😊 누가 아기 예수 인형을 물어뜯었으니 스머프라도 구유를 지켜야지.

🐾 아, 그렇지. 근데 이렇게 한 이유가 뭐라고 했지?

우리는 머지않아 크리스마스를 축하할 거야. 성탄절이 되면 구유를 만들고 크리스마스트리와 예쁜 것들로 장식하는 전통이 있어.

난 이게 참 좋아! 왜 이걸 자주 안 해?

크리스마스는 1년에 한 번뿐인 축제니까.

토끼(모양 인형 혹은 과자나 초콜릿)하고 맛있는 걸 찾는 놀이를 할 때처럼?

부활절 말이군.

야콥이 고개를 끄덕였고, 나는 성탄절이 뭘 의미하는지 몇 번더 설명해야 할지도 모른다는 걸 알았다. 야콥이 경탄하는 눈으로 스머프처럼 생긴 아기 예수가 누운 구유를 바라봤다.

얼마 전에 칼리가 그러는데, 자기 사람이 인생은 원래 아무의미가 없다고 말했대. 칼리도 같은 생각이라고 했어.

나는 느닷없이 바뀐 주제에 놀라서 잠깐 멈칫했다.

글쎄, 어떤 철학자들도 인생의 의미 따위는 존재하지 않는다고 결론을 내리긴 했지.

🐄 베니는 그저 감탄하면서 열심히 듣더니, 마지막에 가서 모든 건 완전히 의미가 있다고 말하더라고. 무슨 얘기를 하는지 전혀 이해 못 한 거지.

🐶 놀랍지도 않다.

　　앞서 말했다시피 베니는 그의 종 가운데 똑똑한 표본에 속하지 않는다.

🐶 그건 그렇고, 너희가 정말 삶의 의미에 관해 이야기를 나눴다고?

🐄 걔들은 먹고 놀 궁리만 하는 줄 알아?

🐶 그게 말이지….

🐄 고도로 진화한 존재는 모두 자신의 현존에 관한 의미를 묻지 않나?

🐶 맞아, 그럴 거야. 단지 난 네가 친구들과 그런 얘기를 한다는 말을 한 번도 못 들어서.

🐟 너도 친구들이랑 이런 중요한 주제를 얘기하잖아?

🐟 솔직히 삶의 의미에 대해 누구랑 진지하게 얘기해본 지 무척 오래됐어.

🐟 정말이야? 너를 찾아오는 사람들은? 그들은 너랑 이런 얘기를 하고 싶을 텐데….

🐟 상담에서 인생의 의미는 별로 중요하지 않아. 그 얘기를 하려는 사람도 드물고.

🐟 정말 놀랍네….

야콥은 천천히 머리를 흔들었다. 내가 놀리는 건 아닌지 헷갈리는 모양이었다.

🐟 언제 칼리랑 베니를 만나서 철학적인 얘기를 했어?

🐟 트루디 생일날 우리 다 초대 받았잖아. 네가 뽀글뽀글 올라오는 물을 너무 많이 마시고 나중에 머리가 아팠을 때.

🐟 머리가 흐리멍덩하던 기억이 나네.

🐄 우린 차차 노는 것도 재미가 없어서 교양 있는 대화를 나눴지. 개들이 늘 그러듯이.

🗿 삶의 의미에 관해 말이지.

🐄 어. 트루디는 이런 말도 하더라. 우리가 자기 사람을 위해 존재하고, 그들이 잘 지내도록 보살피는 게 삶의 의미라고.

🗿 고마운 말이네. 너도 그렇게 생각해?

🐄 난 잘 모르겠어.

🗿 왜?

🐄 배불리 먹을 맛있는 음식도 없고 소화불량으로 고생한다면, 삶은 거의 의미가 없을 거야.

🗿 그런 세속적인 답변을 들을 거라곤 생각도 못 했다.

나는 기분이 좀 나빴지만, 야콥이 나를 보고 활짝 웃으며 확신하듯 말했다.

🐄 내 삶의 의미는 당연히 너와 함께 있는 거지! 나도 너한테

의미가 되나?

🗿 내 일과 여행, 좋은 책, 소화불량으로 고생하지 않는 것을 포함해서?

🐂 얼간이 같으니.

🗿 나도 네가 좋아.

🐂 이 삶이 무의미하다고 보는 건 아니지?

🗿 그걸 말이라고 하냐!!!

🐂 나도 그래. 칼리는 멍텅구리야. 그 녀석은 자기 사람이 하는 말을 재잘재잘 따라 할 뿐이라고.

🗿 넌 절대로 안 그래?

🐂 내가 왜 네 안에서 나온 말을 따라 해야 하지?!

야곱이 다시 히죽거렸고, 나는 그가 사랑스러워서 축 늘어진 귀에 입을 맞췄다.

🗿 20년 전에 누가 나한테 인생의 의미가 어디에 있느냐고 물어봤다면 "배우고 나 자신을 계속 발전시키기 위해 존재한다"고 말했을 거야.

🐾 지금은?

🗿 사랑이야. 이 삶과 세계, 무엇보다 이웃, 나의 개를 사랑하는 데 살아가는 이유가 있다고 봐. 사랑이 우릴 가장 행복하게 만들어 주거든.

🐾 가끔 넌 진짜 훌륭한 말을 한다니까.

🗿 아니면 로리오트*가 말한 것처럼 "개 없이 사는 인생은 가능하다. 하지만 무의미하다"고 생각해.

🐾 그 인간 똑똑하네!

　　잠시 뒤 내가 주방에서 커피잔을 들고 돌아왔을 때, 야콥이 크리스마스 구유에 머리를 숙이고 있었다.

---

* 독일을 대표하는 코미디언이자 유머리스트. 만화가, 작가, 영화감독, 배우로도 활동했다.

🗿 설마 아기 예수 어머니 마리아의 팔다리까지 물어뜯으려고 진지하게 고민하는 건 아니지?

야콥이 재빨리 머리를 뺐다.

🐷 예수의 엄마라고? 이 작고 볼품없는 사람이?

🗿 정말이지 그것도 스머프로 대신하긴 싫었는데….

에필로그

뭘 쓰고 있어?

🐘 뭘 쓰고 있어?

🗿 방금 우리 책 마지막 장을 쓰기 시작했어.

🐘 정말로 책을 거의 다 쓴 거야?

🗿 응, 우리가 사람들에게 얘기하고 싶은 걸 모두 썼어.

🐘 내가 너한테 가르쳐준 걸 전부? 행복에 대해서도?

🗿 하나도 빠짐없이 썼지.

　늘 그렇듯이 나는 새 책의 마지막 장을 남겨두고 중요한 내용을 다 썼는지 정확히 판단하기가 쉽지 않았다. 드디어 마지막 페이지를 쓰기 위해 우리가 좋아하는 덴마크 북해에 있는 휴가용 별장으로 떠났다. 늦가을이지만 밖은 겨울처럼 쌀쌀했고, 나는 따뜻한 벽난로 앞에서 노트북을 무릎에 놓고 아늑한 시간을 보냈다. 야콥은 흥분했는지 내 앞에서 처진 귀를 쫑긋 세우고 꼬리를 살랑살랑 흔들었다.

🐄 멋지다! 정말로 빠진 게 하나도 없어?

🐵 내가 생각할 수 있는 건 다 썼어.

🐄 사람들이 우리 얘기를 좋아할까?

야콥이 다소 걱정스러운 표정으로 나를 봤다.

🐵 그러길 바라.

🐄 사람들이 좀 더 행복해지기 위해서 우리에게 뭔가 배울 게 있을까?

🐵 걱정돼?

🐄 다른 사람들도 똑똑한 얘기를 많이 하잖아.

🐵 사람들이 반드시 거기서 배운다는 의미는 아니야.

🐄 넌 가끔 정말 답답해.

🗿 뭐가?

🐮 내가 아주 근사하고 합리적인 말을 해주면, 종종 넌 "맞아, 그건 분명히 유용할 거야"라고 하지. "정말 그렇게 해봐야지"라고 하거나. 하지만 대부분 아무것도 하지 않아.

🗿 인간은 때때로 몇 가지 자극이 필요하다는 걸 너도 알잖아.

🐮 그래서 넌 우리 책이 사람들을 살짝살짝 건드리기 충분하다고 생각해?

🗿 너라면 독자들에게 특별한 걸 간절히 권하고 싶은 마음이 들지 않겠어?

야콥은 한동안 아무 말 없이 벽난로 속의 불만 바라봤다. 얼마나 깊이 생각에 잠겼는지 이마에 주름이 살짝 잡힌 게 눈에 띄었다. 그러다가 환히 웃으면서 날 보더니 거리낌 없이 말했다.

🐮 너희는 자기 개가 하는 말만 들으면 돼!

🗿 좋은 지적이야! 그런데 반려견이 없는 사람은?

🐮 뭐라고? 세상에 반려견 없이 인생을 제대로 이해할 사람이

있단 말이야?

🗿 따지고 보면 나도 너 없이 반평생 넘게 살아왔잖아.

🗿 누가 아니래!

야콥은 나를 불쌍하다는 듯이 노려봤다.

🗿 그건 그렇고, 네 종놈의 위기는 어떻게 됐어?

🗿 내 뭐?

🗿 종놈의 위기. 내가 살던 바닷가에서 처음 만났을 때 네가 겪던 거 말이야.

🗿 아, 중년의 위기! 책 서두에 그 이야기를 썼어. 독자들은 기억 못 할걸.

🗿 지금은 어디 있어, 네 위기는?

🗿 나도 모르겠다. 그때 내 인생은 너무 절망적이었어. 지금은 사라진 것처럼 보이긴 하는데….

🐂 지금은 절망스럽지 않아?

🗿 글쎄, 여전히 내 삶에 의문이 있지만 절망스럽진 않아.

🐂 왜?

🗿 이유는 정확히 몰라. 어쩌면 하루하루를 전보다 훨씬 많이 누리는 데 있지 않을까? 난 이제 삶이 의미 있으려면 뭔가 크고 중요한 일이 일어나야 한다고 생각하지 않아.

🐂 네 삶이 지금도 충분히 위대하고 중요하기 때문에?

나는 웃을 수밖에 없었다.

🗿 큰가, 작은가, 중요한가… 이런 건 전혀 중요하지 않아. 오늘 내 삶에 최선을 다하는 게 훨씬 중요하지. 지금 눈앞에 있는 날, 이 순간에.

🐂 넌 벌써 거의 개들처럼 생각하는데.

🗿 긍정적인 거지, 그치?

🐂 당연하지, 아주 긍정적이고말고!

야콥이 환하게 웃었다.

좋아, 그럼 다 끝났지? 컴퓨터 끈다.

안 돼, 기다려봐.

내가 써야 할 게 더 있어?

행복은 대개 작은 것에 있다는 걸 사람들이 이해했을까?

이해했을 거야.

기분이 더 좋아지기 위해서 뭔가가 있어야 한다는 것도?

다람쥐 쫓아다니기, 종이 잘근잘근 씹기 아니면 나무에 오줌 싸기처럼?

이를테면.

이 정도면 독자들도 잘 알 거라고 확신해.

멋지군. 자신에게 늘 화내지 말아야 한다는 것도 이해했겠지?

🗣 한 번 더 얘기할까?

🐕 어.

🗣 사랑하는 인간 여러분, 자신에게 조금 더 친절해지세요. 여러분은 진짜 이상한 종이지만, 여러분이 생각하는 것보다 훨씬 사랑스러워요!

　　야콥이 천천히 창가로 걸어가서 광활한 잿빛 황야를 잠시 내다보더니 말했다.

🐕 자기를 도와줄 수 있는 개에게 아직 가족으로 받아들여지지 않은 사람들이 조금 걱정스러워.

🗣 그런 사람들은 정말 그게 결핍이지.

🐕 그들이 행복에 대해 잘 모른다면 나한테 예쁜 엽서 한 장을 쓸 수 있겠지.

🗣 그러면 네가 이 사람들을 도와주려고?

🐕 물론이지!

🐶 알았어, 내가 사람들한테 말할게.

🐕 좋아, 그럼 우린 이제 드디어 인생의 가장 중요한 것에 집중할 수 있겠네.

🐶 내가 말해볼까? 먹는 것과 관련 있지?

🐕 빙고! 사람들이 여기저기 들고 다니면서 먹는 따끈따끈한 도그소시지 어때?

🐶 핫도그?

야콥이 머리를 끄덕이며 미소 짓고 꼬리를 흔들었다.

🐶 이번은 예외야. 대신 소스와 반죽 부위는 안 돼!

🐕 개의 삶이란 참….

작별 인사

🐄 왠지 눈이 곧 올 것 같아.

🗿 그럴지도 모르겠군. 너무 추워! 집으로 갈 시간이다.

우리는 떠날 채비를 마쳤고, 휴가를 보낸 집 열쇠도 반납한 상태였다. 야콥과 나는 아침 햇살이 희미하게 쏟아지는 바닷가를 나란히 걸으며 작별 인사를 했다. 몇 시간 뒤면 도시로 돌아가 일상 속에 있겠지.

🐄 바다랑 이별하는 건 언제나 좀 슬퍼.

🗿 나도 마찬가지야. 그렇지만 곧 다시 올 거잖아.

추운 날씨에도 나는 축축한 모래에 앉았고, 야콥은 나한테 바짝 붙어 몸을 비볐다. 우리는 한동안 거기 앉아 파도를 바라봤다.

🐄 우리가 지금 여기 있는 게 어쩜 마지막이 될 수도 있지?

야콥이 나를 쳐다보지도 않고 낮은 소리로 말했다.

🗿 왜 그런 생각을 해?

🐑 파울라처럼 병들어서 일찍 죽을 수도 있잖아. 우리 엄마 아빠처럼 갑자기 사라지기도 하고. 이런 일이 너나 나한테 일어날지도 몰라, 안 그래?

🗿 그건 그래. 너무 슬픈 생각이다.

🐑 한편으로 그렇지만….

🗿 다른 한편으론?

🐑 세상 모든 일이 자동적으로 계속되진 않는다고 생각하는 것도 좋아.

🗿 그게 좋다고?

🐑 그렇지 않으면 오늘 우리의 멋진 삶에 감사할 수 없을 거야.

🗿 그걸 당연하게 여기고?

 어. 우리는 지금 이런 생각을 하기 때문에 삶을 좀 더 누릴 수 있어.

 그래도 난 우리 앞에 함께할 아주아주 긴 시간이 있으면 좋겠다.

 물론이지! 바닷가에서 수평선까지, 좀 더 멀리 계속되는 길이만큼 아주 길게.

 우리 미래가 어떻게 될지 무척 궁금해.

 나도 그래.

감사의 글

　　이 책이 세상 밖으로 나올 수 있게 애써주신 편집자 아리아네 후그와 헤르더출판사, 남아프리카 여행 중 우연히 만난 아름다운 소묘를 그리는 로엘리 반 헤르덴, 스베냐 호퍼트, 아스트리트 발, 메히틸트 클라인 그리고 언제나 든든한 버팀목이 돼주신 어머니께 깊은 감사의 마음을 전합니다.

　　야콥이 함부르크로 올 수 있도록 저를 도와주신 인도와 독일의 수많은 분께 이 자리를 빌려 다시 한번 감사드립니다.

　　마지막으로 야콥의 우정과 헤아릴 수 없는 커다란 믿음에 감사한다. 너 없이 내가 뭘 할 수 있을까?

인도에서 온 떠돌이 개 야콥과
'지금 여기'를 위한 기술

    이 책을 번역하기 시작한 때는 이상할 정도로 따뜻한 겨울
의 끝자락이었고, 이 글을 쓰는 지금은 세계가 코로나바이러스감
염증-19와 전쟁을 치르느라 어려운 시간을 건너고 있습니다. 너
무나 비현실적인 풍경 속에서 우리 마음은 이전에 누리던 평범한
하루를 그리고 또 그립니다. 두 주인공의 실제 이야기를 담은 이
책은 바로 지금, 우리 모두 간절히 바라는 일상의 소중함에 관한
기록입니다.

    여기 중년의 위기를 갓 넘긴 심리치료사와 멀리 인도 바닷
가에서 떠돌이로 살다가 독일로 이민 온 개가 있습니다. 시와 일
과 도보 여행을 좋아하는 싱글남과, 피자와 '도그소시지'와 자기
사람을 사랑하는 반려견이 그들입니다. 이 둘이 함께 살아가는
일상의 모습은 과연 어떨까요?

    2018년에 출간된 이 책의 원제는 《Von Hunden und

Menschen und der Suche nach dem Gluck개와 인간과 행복 찾기에 관하여》입니다. 제목에 드러나듯이, 이 책은 서로 다른 종의 특성과 행복을 이야기합니다. 나면서부터 깨우친 종(야콥)과 행복에는 재능이 젬병인 종(톰)이 핑퐁 하듯 주고받는 대화를 따라가다 보면 "뭔가 좋은 건 항상 우리 곁에 있"음을 배우고(〈고릴라, 다람쥐 그리고 남자〉), "삶이 의미 있으려면 뭔가 크고 중요한 일이 일어나야" 하는 것은 아니라는 사실을 깨닫습니다(에필로그).

하지만 "우리는 언제나 살아갈 준비를 할 뿐, 정작 삶을 살지 않"습니다. 미국의 시인이자 사상가 랠프 W. 에머슨이 한 말입니다. 야콥도 현재를 즐기지 못하는 톰을 보고 답답해하며 이렇게 꼬집습니다. "내일을 생각하면 진짜로 뭐가 그렇게 극적으로 달라지나? (…) 너희는 왜 항상 간단한 일을 크게 만들어?"(〈지금 이 순간을 사는 법〉).

심리치료사로서 인간이 겪는 다양한 문제와 고통을 잘 이해하는 톰이지만, 그 또한 인간이기에 크고 작은 문제를 등에 지고 살아갑니다. 그런 그가 스스럼없고, 자기 사람을 믿고, 때론 고집불통인 야콥을 만나고 자신을 뛰어넘는 체험을 합니다(〈우리는 가끔 뛰어넘어야 한다〉). 오롯이 '이 순간을 사는 대가' 야콥을 보면서 행복의 기술을 하나씩 터득합니다. 이렇듯 이 책은 섬세하고, 세심하고, 가끔은 쩨쩨한 톰의 내적 성장기로도 볼 수 있습니다. 그 안에 톰은 반려견 야콥에게 배운 교훈, 평범함의 가치와 행복의 평범함을 차곡차곡 적어 넣습니다.

야콥의 마음은 자기 사람뿐 아니라 다른 이들에게도 열려 있습니다. "행복은 대개 작은 것에 있다는 걸 사람들이 이해했을까?" 하고 우리에게 묻기도 합니다(에필로그). 여러분의 답변이 궁금합니다. 코로나바이러스감염증-19라는 참사를 겪으면서 우리는 소중한 것과 비본질적인 것을 분별할 기회를 얻었습니다. 지금 여기, 내 곁에 머무는 것의 위대함을 발견했습니다. 그리고 그것이 일상임을 새삼 느낍니다.

야콥은 늘 일상의 행복을 놓치는 인간을 위해 자기 종의 비법을 알려줍니다. "개는 말하고, 짖고, 으르렁대야 할 때 말하고, 짖고, 으르렁대지. 그다음 속도를 낮추고 삶의 아름다운 것을 보살펴."(《어쩔 수 없을 때》). 급기야 톰은 "'개 같은 태도'를 발전시키"며 살겠다는 다짐을 합니다(《우리는 다른 사람이 필요하지 않아서 불행하다》). 여러분의 생각은 어떤가요? 우리가 반려견에게 느끼는 애틋함과 사랑은 어쩌면 그들의 이런 '개 같은 태도' 때문이 아닐까요?

하루빨리 마스크를 벗어 던지고 가벼운 마음으로 산책에 나서고 싶습니다. 그땐 야콥처럼 눈, 코, 귀를 활짝 열고 주위의 냄새를 킁킁 맡아야겠습니다. 끝으로 남인도의 휴양지 바르칼라 해변에서 처음 만나 우여곡절 끝에 가족이 된 개와 인간 커플의 이야기가 제게 그랬듯이 여러분에게도 웃음과 감동으로 가닿기를 소원합니다.

2020년 봄
마정현

글세,
개가 보기엔
말이야

펴낸날 | 초판 1쇄 2020년 6월 5일
엮은이 | 톰 디스브록(Tom Diesbrock)
옮긴이 | 마정현
만들어 펴낸이 | 정우진 강진영 김지영
펴낸곳 | 도서출판 황소걸음
디자인 | 홍시 happyfish70@hanmail.net
등록 | 제22-243호(2000년 9월 18일)
주소 | 서울시 마포구 토정로 222 한국출판콘텐츠센터 420호
편집부 | 02-3272-8863
영업부 | 02-3272-8865
팩스 | 02-717-7725
이메일 | bullsbook@hanmail.net / bullsbook@naver.com

ISBN | 979-11-86821-46-6   03850